MARKUS WIDEGREN
ETT SPRUCKET KÄRL

FSC
www.fsc.org
MIX
Papper från
ansvarsfulla källor
Paper from
responsible sources
FSC® C105338

© Markus Widegren 2020
Omslag & inlaga: Markus Widegren
Förlag: BoD, Stockholm, Sverige
Tryck: BoD, Norderstedt,Tyskland
ISBN: 978-91-7851-054-2

"Unfortunately there can be no doubt that man is, on the whole, less good than he imagines himself or wants to be."

— *Carl Gustav Jung*
Psychology and Religion (1938)
Collected Works 11, p.131

Prolog

Hon kände inte hur ont det gjorde i hennes nakna fotsulor när hon sprang över grusgången utanför villan den natten. Det var som om omvärlden inte fanns. Som om den halkat undan från hennes medvetande för ett ögonblick.

Det enda som fanns var en virvlande sörja av svart kaos som sprutade upp ur en okänd källa inom henne. Mörkret strömmade ut från något som låg djupare in i henne än hennes eget hjärta. Från en raserad brunn sögs svärtan upp av ett ruttet rotsystem som sträckte sig ner i hennes jag, djupare än hon kunde förstå, ut genom hennes medvetandes botten och bortom hennes kontroll.

Allt som höll henne kvar ovanför den svarta, blanka ytan av kompakt mörker var det gråtande spädbarnet i hennes famn. Det fanns delar av henne som vägrade släppa greppet om den lilla kroppen, som skulle göra allt för att skydda den, vad som än hände i hennes upprörda inre eller utsatta yttre.

Vad som än hände, skulle hon skydda sin dotter.

När hon kastade en jagad blick över axeln såg hon en naken man komma efter henne ur den svagt upplysta villan. Han var vältränad och blond, med kolsvart blick och ansiktet förvridet i en grotesk grimas. Det var i det blekt gråblå nattljuset svårt att avgöra om hans min speglade smärta, skräck eller ren, ofiltrerad vrede.

För några sekunder möttes deras ögon och, som utlöst av en skarp elektrisk urladdning, svepte en ny, intensiv våg av skrikande flyktinstinkt genom hennes kropp. Efter det såg hon sig aldrig om igen.

Hennes kropp tog över, trängde hennes medvetande åt sidan, och styrde henne autonomt så snabbt den kunde med den fladdrande morgonrocken runt benen, ut mot gatan, bort från faran bakom henne, med sin några månader gamla dotter allt hårdare tryckt mot bröstet.

Lårmusklerna tänjdes ut och drogs ihop med maximal kraft. De brände så mycket glukos de bara kunde. Med all kraft kroppen kunde uppbåda drevs hon framåt över gatan så fort att hon fick en känsla av att flyga. Hon kände inte längre kroppen röra sig, hon kände bara själva rörelsen framåt.

Hög på kroppskemikalier gled hon fram över marken, längs vägen, förbi några nedsläckta villor, mot en grannes uppfart och fram till deras fortfarande upplysta ytterdörr. Hon ryckte i handtaget och bankade sedan på det massiva träet när hon insåg att det var låst.

”Öppna”, skrek hon häftigt. ”Snälla, öppna! Jag är er granne Gabriella!”

I hennes famn, skräckslagen av den omilda behandlingen medan de sprang, skrek hennes älskade dotter Jessica så hårt att hon knappt fick luft. Gabriellas hjärta skenade paniskt och det enda viktiga i hennes sinne var att skydda dottern. Hennes eget liv var oviktigt – bara Jessica släpptes in i säkerhet innan det var för sent.

Några lampor var tända i hallen och genom det lilla fönstret bredvid dörren syntes det att någon rörde sig därinne. Gabriella bankade på fönstret, så hårt att det var som om hon försökte slå sönder det, medan hon fortsatte skrika sin alltmer desperata bön om att bli insläppt.

På uppfarten bakom henne hördes fotsteg som närmade sig. Ändå vägrade hon se sig om. Trots att alla instinkter skrek och ilade från ryggraden att hon skulle vända sig mot faran. Men hon ville inte se honom en gång till. Hon ville aldrig någonsin se in i de ögonen igen.

När hon hörde låset vridas om ryckte hon upp dörren och trängde in i hallen så häftigt att mannen som hade öppnat, iklädd endast ett par träningsbyxor, trycktes några stapplande steg bakåt innan han föll omkull på golvet. Utan att bry sig om grannens förvirrat frågande blick smällde hon igen dörren och vred häftigt om låset innan hon backade inåt i hallen.

Bara några sekunder senare hördes ljudet av hur mannen därute vräkte sin kropp mot dörren med full kraft. När den trots detta inte gav vika skrek han något obegripligt med trasig röst därute på bron och försökte krossa det lilla sidofönstret med sina knytnävar.

Grannen i träningsbyxorna reste sig upp och en kvinna i T-shirt och pyjamasbyxor kom nedför trappan till övervåningen.

"Gabriella", frågade hon oroligt. "Vad är det som händer?"

Spädbarnet grät hysteriskt och utanför skrek mannen. Gabriella såg på kvinnan och darrade i hela kroppen. Hon kämpade med att formulera ord, men inget kom fram. Hon öppnade munnen men förblev tyst. Det var som om hon glömt hur man pratar. Som om kroppen stängt av den funktionen medan hon sprang.

Den skärrade mannen bakom Gabriella var villrådig och verkade rädd för att röra vid henne fastän han förstod att han borde försöka lugna henne.

"Har han slagit dig? Vad har han gjort?"

"Vem är det därute", frågade kvinnan som stannat i slutet av trappan. "Vem är det som har slagit dig?"

"Det är Erik som är därute", svarade mannen och lade försiktigt handen på Gabriellas axel. "Gabriella, vad är det som har hänt?"

Först då lossnade hennes tunga och med okontrollerat stark röst ropade hon:

"Ring polisen! Ring polisen, nu!"

Första delen

1

När Gabriella Reimann spottade i handfatet såg hon att den bubbelfyllda loskan var rosafärgad och hade en tunn sträng av rött blod i sig.

Hon vred igång vattenkranen och såg den sega klumpen sköljas ner i avloppet. Hon spottade igen. Rosa, men inget mer rent blod. Hon kupade handen och sköljde munnen med iskallt vatten i förhoppning om att det inflammerade tandköttet skulle dra ihop sig tillräckligt mycket för att hon skulle slippa den ständiga blodsmaken i munnen för ett tag.

Fastän hon alltid var noga när hon borstade tänderna hade hon så länge hon kunde minnas regelbundet fått skrapa bort rikliga mängder tandsten. Trots att hon alltid använde tandtråd växte de förkalkade kolonierna med döda bakterier in under tandköttet, som korallrev mellan tänderna.

Om hon bara fick tillbaka lite av sin ork skulle hon beställa tid hos tandläkaren. Någon dag ganska snart skulle hon förhoppningsvis vara tillräckligt pigg för att ordna det – och allt annat hon skjutit upp på sistone.

Hon fäste upp sitt blonda hår i en hästsvans och blaskade snabbt av ansiktet innan hon stängde kranen och torkade sig med en handduk. Medan hon tog fram mascaran mötte hon snabbt sin egen ljusblå blick och fick en känsla av att se på en främling. Som om ansiktet i spegeln var någon annans. Hela tiden medan hon sminkade sig kände hon sig övervakad av en främmande närvaro som använde hennes ögon.

När hon var klar undvek hon spegeln och tog fram en necessär ur det lilla skåpet under handfatet. Ur den tog hon fram en liten flaska receptbelagd nässpray och tryckte två doser spray i varje näsborre. Sedan tog hon fram bomull och en liten flaska för att desinficera ett område till höger på magen, en bit under naveln. Därefter förberedde hon en injektionspenna med ny nål och efter att ha kontrollerat att det kom vätska ur spetsen försökte hon nypa ihop hullet runt det rengjorda området.

Hon var smal och vältränad, så hon fick ta omtag för att få ett bra grepp. Försiktigt tryckte hon in nålen och injicerade vätskan. Hon svalde och andades några sekunder innan hon drog ut den och drog en ny spritindränkt tuss över sticket. Slutligen slängde hon allt överblivet i skräpkorgen och packade noggrant ner resten i necessären.

Blicken i spegeln var fortfarande främmande.

Hon kände sig trubbig på något sätt. Hade varit uddlös på sistone, hade svårt att bry sig om något. Förmodligen var det stressen på sistone som ställde till det, tänkte hon. Men snart vänder det. Snart är det dags. Bara några dagar kvar.

Sedan vänder det.

När Gabriella kom ut ur badrummet satt dottern Jessica på en liten bänk i hallen och snörde på sig sina boots. Hon var klädd i enbart svarta kläder som hon med en tonårings envishet hävdade var varken emo eller goth. Vad hon nu än ville kalla det så framhävde de hennes bleka ansikte. Hur mycket av denna blekhet som var smink och vad som var sömnlösa nätter gick inte avgöra längre.

Gabriella litade på sin dotter, som trots allt var femton år och började kunna ta eget ansvar. Jessica var intelligent och mogen för sin ålder. Ändå kände Gabriella en viss oro. Dottern hade alltid haft svårt att sova, men på sistone hade det bara blivit värre och värre. Vissa nätter verkade hon inte sova alls.

De hade länge försökt utreda vad det berodde på, men eftersom det inte fanns något fysiskt fel på henne hade läkarna skickat henne vidare till en lång rad kuratorer och psykologer.

Till en början snarare förvärrade detta problemet. Ända tills de träffade hennes nuvarande psykolog, Charlotte Priya. Då hade det blivit bättre, om än inte bra, och Jessica bad själv att få fortsätta gå hos Charlotte. Gabriella var glad att Jessica hittat någon hon kände förtroende för, men kände sig samtidigt utesluten och lite sårad över att Jessica kunde prata bättre med någon annan än sin egen mor. Samtidigt blev hon irriterad över att hon kände så när hon förstod att det handlade om att Jessica höll på att bli vuxen. Hon var tonåring nu, det var bara att inse.

Trots framstegen med Charlotte hade sömnproblemen på sistone blivit värre igen, men Gabriella hade inte hunnit prata med varken Jessica eller Charlotte om det än. Det var en av många saker på göra-listan.

Den här morgonen såg Jessica tröttare ut än vanligt och hade inte Karl varit hemma hade Gabriella sjukanmält henne så hon skulle kunna stanna hemma och vila upp sig. Nu visste hon att Karl skulle invända så istället harklade hon sig och försökte ordna upp sitt bekymrade ansikte. Sedan gick hon fram till sin dotter och la en hand på hennes axel.

"God morgon, gumman. Hur har du sovit?"

"Knappt nånting", mumlade Jessica och reste sig upp.

"Har du suttit uppe med datorn?"

"Nej. Jo, men bara sen fyra, när jag gav upp. "

"Är det säkert?"

"Sluta. Du vet hur det är."

"Ja, förlåt. Vill du ha skjuts till skolan?"

"Nej. Jag tar bussen med Veronica, vi ska göra en grej innan vi börjar."

Jessica tog på sig en tunn jacka och hängde sin väska över axeln. Ett par sekunder grävde hon i den innan hon såg att hon hade nycklar och mobil ordentligt nedstoppade. Gabriella gick in mot köket medan Jessica öppnade ytterdörren.

"Kom ihåg att du har bokad tid med Charlotte idag", sa Gabriella för att påminna om att det var dags för nästa psykologbesök. Hon lyckades samtidigt ge sin dotter ett äkta leende.

"Ja, jag har satt ett alarm", svarade Jessica med ett trött men vänligt leende tillbaka innan hon vinkade med telefonen och försvann ut.

Inne i köket satt Gabriellas make Karl böjd över morgontidningen och höll en hembakad fröbrödssmörgås, täckt med cheddar och en skiva lufttorkad skinka, i handen.

"God morgon", sa han och tittade upp. "Är vi ensamma?"

"Jessica gick just", sa Gabriella och hällde upp en kaffe i en stor mugg.

"Har du bråttom iväg?"

"Ja. Som vanligt. Vad tänkte du annars?"

Karl sjönk med illa dold besvikelse ner över tidningen igen medan han drog ena handen genom det kortklippta bruna håret. Han satt klädd i skjorta, väst och kostymbyxor. Slipsen var redan knuten. Det korta, mörka håret välkammat enligt gällande mode. Redo för jobbet på mäklarbyrån. Redo att sälja "ljusa och öppna, nyrenoverade sekelskifteslägenheter" i innerstan.

Han gick alltid upp minst en timme innan han egentligen behövde medan Gabriella oftast låg kvar under täcket så länge som möjligt. Hon drack sitt morgonkaffe i hallen medan hon klädde på sig, han åt sin frukost långsamt och i god tid medan han läste morgontidningen. Hans nätter var kortare än hennes, så om de gick till sängs samtidigt fick han alltid några timmar för sig själv på morgonen. Så hade det gått till sedan de gifte sig sju år tidigare.

"Nej, det var inget", sa han och försökte verkligen få det att verka som om det inte var något.

"Jo, men säg nu", sa Gabriella utan att tänka sig för. Hon ångrade sig direkt. Nu skulle hon fastna i en diskussion. För ett par sekunder önskade hon att hon bara kunde greppa skorna och springa ut i trapphuset innan

Karl hann svara.

"Nej, det var inget viktigt", började Karl och Gabriella stannade i dörröppningen till hallen. "Det var bara det... Jag tänkte lite."

"Tänkte vad då?"

"Att vi kunde hitta på något."

"Som vad då?"

"Det vet jag inte. Och nu måste ju du åka. Vi får ta det en annan gång."

"Ja, men vad skulle du vilja göra då?"

"Nånting annat. Det blir så mycket jobb. Jag har min presentation nästa vecka. Du har dom där föreläsningarna ovanpå allt annat. Vi gör ju ingenting med varandra. Jag behöver slappna av. Jag vill göra nåt roligt."

Gabriella gick tillbaka till köksbordet och ställde ner muggen. Sedan lade hon handen på hans kind och kysste honom.

"Älskling, jag gör vad du vill", sa hon och log. Plötsligt var hennes ansikte helt uppriktigt. Det fanns någon värme i det som saknats fram till dess.

"Vi hittar på något ikväll", sa han och log tillbaka. Rynkan mellan hans ögonbryn försvann och hon kysste honom igen.

"Ska vi inte bjuda hem några på middag", föreslog hon. "Vara lite sociala med våra vänner istället för att bara prata jobb?"

"Det kan vi göra", sa Karl. "Det kan vi absolut göra."

"Eller hade du nån annan idé?"

"Nej, det blir jättebra. Det var länge sen sist."

"Vilka tycker du vi ska ringa då? Du får bestämma!"

"Jag vet inte. Det spelar inte så stor roll. Du får bestämma."

"Johan och Elin?"

"Johan är bra, men ingen från jobbet sa vi ju. Ylva och Lukas kanske?"

"Jag tror dom är nere på bokmässan i helgen. Din syster Martina?"

"Hon är ju i Berlin."

"Jaha? Det har du inte berättat."

"Jo, hon har varit där sen tidigt i våras."

"Där ser man. Vad gör hon där?"

"Vet inte. Jag tror hon bor hos nån kompis som är filmare."

"Mår hon bra?"

"Jag har inte hört nåt annat."

De tystnade och funderade.

"Jag vet inte riktigt vilka vi brukar umgås med längre", sa Gabriella efter en stund.

"Jag känner knappt någon förutom Johan", sa Karl. "Ingen vi kan bjuda hem i alla fall."

"Varför känner vi inga? När hände det?"

"Jag vet inte. Jag har inte haft energi nog att bry mig tror jag."

De blev tysta igen.

"Men kanske Björn och Anneli", sa Gabriella efter ytterligare några sekunders tystnad.

"Vilka då?"

"Björn och Anneli Pettersson. Veronicas föräldrar, du vet? Dom var ju trevliga på föräldramötet sist."

"Ja kanske det, men dom känner vi ju knappt."

"Vi får väl lära känna dom mer då. Jessica och Veronica hänger ju ihop jämt."

"Tja, det är sant. Vi kan ju prova."

"Okej, ringer du?"

"Det är bättre om du ringer. Det är en typisk kvinnogrej att bjuda på middag."

"Men det var ju din idé!"

"Det spelar väl ingen roll. Det blir konstigt om jag ringer."

"Varför skulle det bli konstigare än om jag ringer?"

"Jag vet inte. Det blir konstigt bara. Jag skulle känna mig obekväm."

"Men fåna dig inte."

Karl suckade och när han kastade en blick på väggklockan kände att hon höll på att tappa honom igen. Gabriella backade. Såg till att det inte urartade till ett gräl.

"Okej, jag ringer", sa hon. "Ska vi kanske säga lördag kväll så vi hinner ordna lite, kan bli tajt att hinna handla och städa annars."

"Det blir bra."

"Då fixar jag det."

De såg på varandra några långa sekunder. De var tysta, ändå flödade något mellan dem. På något sätt läste de av varandra utan att de var medvetna om det.

Rynkan mellan Karls ögonbryn var tillbaka, och all energi hade försvunnit ur Gabriellas leende.

"Nu måste jag gå", sa hon till slut efter att liksom Karl kastat en snabb blick på väggklockan. "Vi ses ikväll."

"Det gör vi", svarade Karl och gjorde en ansats att

sträcka handen mot henne innan han ändrade sig och sänkte den igen. "Hejdå."

"Hej."

Gabriella drog på sig sina skor och tog sig ut i trapphuset innan hon ens knäppt spännena. Hon darrade i hela kroppen och höll på att bryta en nagel när hon försökte få hissen att komma fortare genom att trycka hårt och intensivt på hissknappen. Hon stirrade håglöst på våningsnumren som blinkade förbi tills femman började lysa och hissdörrarna öppnades.

Sedan försvann hon in mellan de blanka dörrarna som tycktes sluta sig runt henne.

2

Gabriella fällde ner solskyddet för att slippa den bländande sommarsolen – de mörka solglasögonen var inte tillräckligt mörka. Vägen till jobbet gick rakt in i solen och hon såg knappt vart hon var på väg. Hon körde på känsla och gammal vana.

Bilen var en röd Alfa Romeo som hon köpt helt ny två år tidigare. I den kände hon sig lugn. Hon fick vara i sin egen värld. När hon körde försvann allt annat och hon slapp hålla alla borta från sitt mjuka och äckliga inre. Hon behövde inte dölja vem hon egentligen var. Hon kände sig inte observerad och utpekad så länge hon satt bakom ratten.

Ju fortare hon körde, desto mer av hennes virvlande tankar försvann. Det var som om vägen var en tunnel som smalnade av till dess att allt som uppfyllde henne var vägen, den framrusande bilen och hon bara följde med. Det var som om hon blev en passagerare, inte bara i bilen, utan i hennes liv. Hon lämnade över styrandet och upplät ansvaret på någon annan. Lät sig uppslukas av att bara vara.

Hon hade kört mycket och ansåg sig vara en bra förare. Som ung hade hon haft lång väg att pendla till universitetet och under åren hon jobbade på byrån i Italien körde hon dagligen på de slingriga vägarna vid kusten i södra Napoli – något som hade skärpt reaktionsförmågan avsevärt. Det fanns ingen hon kände sig trygg med om hon blev skjutsad. Allra minst när hon åkte med Karl. Skulle de någonstans var det alltid hon som körde. Det var som om han var för diströ för att ha full uppmärksamhet på vägen. Han verkade hela tiden tänka på något helt annat medan han körde. Gabriella bara körde utan att tänka.

Och hon körde fort. Ju fortare, desto bättre. Varje mil hon lade bakom sig tog henne bort från den hon en gång hade varit.

Kanske försökte hon hålla undan för något som förföljde henne sedan länge. Kanske gjorde hon allt för att hålla sig i framkant av den tidsbubbla hon färdades i för att slippa se det som fanns bakom henne, i utkanten av det som hade hänt.

Mer och mer hade hon fått känslan av att vara jagad igen. Som om hon alla dessa år efter den smärtsamma språngmarschen över gruset fortfarande var förföljd. Om hon stannade upp skulle kanske något hinna ikapp henne och det var otänkbart. Därför skulle hon aldrig våga stanna eller ens slå av på takten.

Genom att hålla sig i rörelse hade hon lyckats skydda Jessica och klarat sig igenom alla problem på vägen. Hon hade överlevt genom att aldrig stanna upp. Om hon dröjde sig kvar kanske hon skulle höra sin dotter gråta i hennes famn igen.

De första åren hade hon flyttat runt med Jessica och inte känt sig trygg någonstans. Inte förrän hon till slut träffade Karl. Då fann hon andrum och de gifte sig. Den fina femrumslägenheten de nu bodde i var den längsta permanenta adress hon haft på många år. Kanske var det därför hon nu hade börjat känna sig så stressad och illa till mods. Det var helt enkelt dags att flytta på sig igen.

Så fort allt annat ordnat sig skulle hon kunna ta upp det med Karl. Om hon orkade.

Allt hade blivit så trögt på sistone. Som om hennes ständiga rörelse började dränera hennes energi. Hon kunde komma på sig själv med att sitta långa stunder, helt apatisk, och bara tänka samma tankar om och om igen. Som om de var loopade i hennes hjärna. Som om hon bara var en tom maskin som snurrade automatiskt utan syfte.

Hennes försök att engagera sig i den lokala konstföreningen rann ut i sanden och hon hade inte varit på något möte på över ett år. Hon skyllde på bristande tid när hon stötte på någon av de andra medlemmarna på stan, men det var egentligen orken som saknades.

Inte ens jobbet som art director på reklambyrån gjorde henne lika glad som förut. Det var egentligen allt hon önskade, det passade henne perfekt. Hon skulle inte kunna hitta ett bättre jobb. Hon hade kämpat hårt för att utbilda sig, skaffa erfarenhet och bygga upp sin portfolio. Sedan gick hon från drömjobbet utomlands till ett minst lika bra när hon flyttade hem igen. Ändå orkade hon vissa dagar knappt gå dit längre.

Hon längtade efter glädje igen. Hon ville känna sig lycklig som under åren i Italien, lycklig som när hon just hade gift sig med sin första make Erik och Jessica var nyfödd. Lycklig som innan den där ödesdigra språngmarschen.

Ett tag trodde hon att hon hade drabbats av någon sorts depression. Men hon kände sig inte ledsen eller nedstämd, bara tom. Som om hon hade tappat alla känslor för det som betydde något.

Som om varje dag bara var fylld av meningslösa andetag från morgon till kväll; bara en enda lång väntan på att få somna igen.

Jobba, sova, jobba, sova. Det gjorde henne tom.

Till slut hade hon insett att hon var tvungen att göra något åt situationen innan det gick för långt.

Det var ganska logiskt egentligen.

Hennes plan skulle lösa flera problem i ett slag.

Snart skulle allt bli bra igen.

Till dess var det bara att härda ut.

Snart skulle allt bli bra.

Hastighetsmätarens röda visare passerade 200.

Fortare, fortare.

3

På andra sidan konferensbordet satt Henrik Ivarsson i sin bruna tweedkavaj och trummade med fingrarna.

Gabriella tittade ner i bordsskivan och var tyst.

"Är det sprutorna som gör det", frågade Henrik efter en stund medan han låtsades vara distraherad av att rätta till kavajslaget så Gabriella inte skulle känna sig så betraktad och förhörd.

"Gör vad då?"

"Att du är så här."

"Är hur då?"

"Borta. Du är ju inte här längre. Eller har det hänt nåt?"

Gabriella tittade upp och kände en avlägsen oro vrida sig långt nere i mörkret inom henne. Frågan störde något som vilade därnere.

"Nej", sa hon utan att övertyga Henrik. De jobbade tillsammans på byrån, båda var designers, och hade varit vänner sedan de var barn, så de kände varandra alltför väl för att hålla något hemligt. De var mer öppna med varandra än Gabriella var med Karl. Mellan dem fanns ett sorts samförstånd, en samhörighet som inte gick förklara med ord. Även om de inte alltid pratade så mycket om känslor stod de varandra mycket nära. Henrik läste mellan raderna och visste det mesta om Gabriella.

Det mesta, utom det där hon dolde i djupet.

"Det blir bara värre", fortsatte Gabriella. "Det är tomt liksom. Jag känner inget längre. Det är... som om jag håller på att bli någon annan."

"Kan det vara hormonerna? Eller är du stressad över behandlingen?"

"Nej, det är ju det enda som håller mig igång överhuvudtaget."

"Vad kan det vara då, det har ju aldrig varit så här illa förut. Du måste få nån sorts hjälp."

"Men jag kan inte nu, då kanske jag inte får göra färdigt på kliniken. Allt hänger på det nu, känns det som. När det är färdigt kommer det vända. Det är jag säker på. Jag känner det på mig."

"Men vad händer om det misslyckas då?"

"Jag har råd att försöka fler gånger."

Henrik skakade bekymrat på huvudet.

"Gabriella, kära vän. Du vet vad jag tycker."

"Ja, det gör jag. Men du är mitt enda stöd. Du måste hjälpa mig nu. Snälla."

"Du vet att jag gör vad som helst för dig. Du och jag mot resten av världen."

Gabriella tittade på honom och log i ett par sekunder. Sedan förändrades något i hennes ansikte och ögonen blev blanka. Hon förde upp handen över munnen och kvävde en snyftning.

Henrik reste sig upp och gick över till hennes sida av bordet för att sätta sig bredvid henne. Då slog hon, fortfarande sittande medan han stod intill henne, armarna om hans midja och kramade honom hårt, tyst snyftande in i hans mage. Han strök över hennes rygg och försökte trösta henne med sin närvaro.

"Det ordnar sig", sa han. "Det är klart det ordnar sig."

Det var tyst i konferensrummet en stund innan Gabriella släppte greppet om Henrik. Han satte sig ner på stolen bredvid henne.

"Vill du inte sjukskriva dig ändå", frågade han oroligt.

"Nä, snarare tvärtom. Nu behöver jag verkligen nåt att göra. Nåt som distraherar mig. Kanske efter jag varit på kliniken."

"Och du vill fortfarande hålla föreläsningen på onsdag?"

"Ja, det vill jag. Det ser jag fram mot. Jag gillar att träffa studenterna, dom inspirerar mig."

"Okej, ska vi fortsätta med bilderna då kanske", sa han och pekade på datorn som stod på bordet.

"Det tycker jag", sa hon och torkade tårarna. "Jag har inte gråtit på så länge. Det var skönt att känna nåt. Det ska vara du till det."

Henrik log.

"Bra det. Man måste släppa ut det ibland."

"Ja. Men kan vi prata om något annat nu", bad Gabriella när hon samlat sig.

"Visst. Bilderna..."

"Just ja, vänta, jag skulle ju fråga: Jessica behöver en praktikplats i höst. Hon undrade om hon kan få följa dig."

"Det går alldeles utmärkt det. Men ville hon inte gå med dig då?"

"Nä, det var tydligen töntigt att praoa hos morsan."

"Javisst ja, hon är redan tonåring."

"Tell me about it", sa Gabriella och himlade med ögonen.

För en stund kändes allt normalt igen.

Tårarna hade släppt ut det värsta trycket inom henne och hon kunde arbeta som vanligt resten av eftermiddagen.

Hon trivdes i Henriks sällskap. Karl var nog svartsjuk ibland, men det fanns ingen som helst anledning till det. Henrik var mer som hennes bror. Han var en sorts trygghet eftersom hon inte hade någon nära släkt att vända sig till om hon behövde hjälp eller stöd. Inga vänner hade hon heller, i alla fall inga som hon umgicks med, trots att hon kände väldigt många personer. Kanske vågade hon inte längre släppa någon för nära inpå livet och höll på så sätt även de gamla vännerna på håll. Och så hade hon varit uppslukad av jobbet och familjen, när skulle hon ha haft tid för annat?

Styrkt av sitt relativt goda humör bestämde hon sig för att snarast försöka återknyta kontakten med de hon förr hade sett som sin närmaste krets.

Kanske berodde hennes annars så låga sinnesstämning på att hon kände sig ensam. Det var inte lätt att alltid vara ensam med sina tankar. Henrik var den bästa vän man kunde tänka sig, men hon kände nu att hon verkligen behövde en väninna att prata tjejsnack med. Kanske var lite sällskap, vin och skvaller precis vad hon behövde, tänkte hon och såg fram mot att kunna börja umgås med Anneli och Björn.

Första parmiddagen på länge. Det skulle bli roligt.

Det var förhoppningsvis början på en ny, mer positiv tillvaro.

4

"Jag började gråta idag på jobbet", sa Gabriella.

Hon satt i vardagsrumssoffan och filade naglarna medan Karl satt med sin laptop i knäet och jämförde priser på ett tiotal flikar med byggföretag och husrenoveringar. Teven var inställd på en av de kommersiella kanalerna och bildade ett sorts kulissartat brus av röster och skratt. Det blev ett bakgrundssorl så att de slapp lyssna på tystnaden i rummet, tystnaden mellan dem.

Gabriellas röst lät tunn när hon pratade. Hon hade suttit tyst så länge att hon inte visste hur högt hon skulle ta i för att det skulle låta normalt. Hon harklade sig, men repeterade inte vad hon sagt.

"Va?"

Karl frågade nog mest för att få tid att flytta uppmärksamheten från datorskärmen till Gabriellas allvarliga uttalande och samla tankarna tillräckligt för att formulera ett bättre svar.

"Jag började gråta", upprepade Gabriella efter några sekunders tvekan, lite starkare, men fortfarande utan att se upp från nagelfilandet. Det var nästan som om hon ångrade att hon sagt det till att börja med. Som om hon tänkte säga: nä, det var inget.

Samtidigt tittade Karl på henne och väntade på en fortsättning. När ingen kom ställde han datorn på vardagsrumsbordet och vände sig mot sin fru.

"Började du gråta? Vad hade hänt?"

"Inget egentligen", svarade hon.

"Men varför var du ledsen då?"

"Jag vet inte."

"Det låter ju inte så kul."

"Nej."

"Men nåt måste det ju varit."

"Inget direkt."

"Var du trött då?"

"Nej, jag var inte trött."

"Var det nåt du tänkte på?"

"Nej, det bara blev så, tror jag."

"Var det i morse eller?"

"På eftermiddan. Jag satt i ett möte med Henrik. Stackaren."

"Det var väl knappast nåt han sa, va?"

"Nej. Jag behövde nog bara gråta lite. Det var länge sen."

"Jag vet inte när jag såg dig gråta sist. Det var nog..."

"Det var ganska skönt", avbröt Gabriella.

"Vad då?"

"Jag trodde inte jag kunde längre. Jag trodde jag var torr. Torr och öde."

"Varför skulle du vara det?"

"I'm a dry and barren field", sa hon på engelska. Jag är ett torrt och ofruktsamt fält.

"Varför säger du det?"

"För att jag är det. Känslokall också."

"Det är du väl inte alls det! Varken eller, ingendera, inget av det du säger stämmer. Du har ju massor med känslor. Eller hur?"

"Jag vet inte längre. Jag bara väntar på att nåt ska hända. Jag vet inte om jag känner längre. Jag bara låter saker hända. Jag är så trött och less, jag vill bara att något ska hända snart."

"Saker är ju som dom är... Ibland måste man vänta innan saker och ting blir bättre, innan man kan gå vidare..."

"Men jag vill gå vidare nu."

"Jag förstår det. Jag håller med. Det är jobbigt att ständigt gå och vänta. Alltid är det nåt som ska falla plats innan man kan ta nästa steg. Det är mycket väntan i ett liv."

"Inte i mitt. Jag vill inte ha väntan."

"Det ordnar sig snart ska du se."

"Tror du?"

"Det är klart det gör. Allt ordnar sig förr eller senare."

"Vill du vänta med mig då?"

"Det är klart jag vill."

"Älskar du mig?"

"Det är klart jag älskar dig", sa Karl och höll på att välta datorn när han slog ut med ena armen för att understryka vad han sa.

Gabriella lade ner nagelfilen och tittade upp, först på datorn som smällde till på bordet och sedan på Karl.

Hon tittade på honom några sekunder och var nära att börja gråta igen. Men istället log hon svagt med någon form av tvekande tillförsikt och sa:

"Jag älskar dig också. Håll om mig."

5

"Älskling, vakna, jag går till jobbet nu", viskade Karl försiktigt i Gabriellas öra. Han strök med handen över hennes arm och fortsatte: "Klockan är åtta så det är dags att du går upp. Vi ses i kväll, jag köper hem något gott till kvällsfika."

Sakta vaknade hon till liv, men vred sig motvilligt runt nästan ett helt varv innan hon kisade mot sin make och svarade.

"Mmm, jag kliver strax upp."

Karl satt klädd i skjorta och slips på sängkanten medan hon låg intrasslad i täcket enbart klädd i trosor. Han sneglade på hennes ena bröst som stack fram under täckeskanten, medan hon fortfarande hade ögonen stängda.

"Jag vill stanna hemma idag", mumlade hon. "Jag är så trött."

"Känner du dig krasslig."

"Nej... Jo, lite... Orkeslös liksom."

"Förkylning?"

"Nej. Jag vet inte... Skulle behöva vila lite", hon grymtade, sträckte på sig och vred sig igen under täcket så att hon hamnade på sidan och båda hennes bröst halkade fram i Karls åsyn. Hon kände hans ögon på sin kropp och sög åt sig uppmärksamheten.

"En dag till så är det helg sen", försökte han trösta utan att ens ta ögonkontakt. "Vi kan slappna av lite ikväll. Äta nåt gott."

"Ja. Det vore trevligt. Har Jessica åkt till skolan?"

"Hon gick precis när jag väckte dig."

"Hm. Om du stannar hemma kan vi äta en god lunch och slappna av hela dagen. Det skulle vi behöva."

"Det skulle vi. Men jag måste till jobbet. Jag ska hämta nycklarna till huset på Lundsvägen idag. Jag kan inte skicka nån annan, du vet hur viktigt det är för mitt specialprojekt."

"Ja. Jag vet. Jag måste bara vakna lite till så kan jag kliva upp och ta mig till jobbet sen. Du kan åka nu så du inte kommer för sent."

"Då ses vi ikväll", sa Karl och gav henne en flyktig puss på pannan innan han lyckades slita blicken från hennes bröst och resa sig upp.

Hon somnade nästan om innan hon slutligen hörde ytterdörren smälla igen och låsas.

Då öppnade hon ögonen och klev upp ur sängen.

Fortfarande en aning stel i kroppen öppnade hon dörren till balkongen och gick ut för att känna på vädret. Det var redan en behaglig sommarmorgonsvärme i luften medan balkongens betonggolv ännu var svalt av nattens kyla. Hon lutade sig över räcket och korsade armarna framför sig för att dölja sig lite. Hon svepte med blicken över den vackra utsikten över den lilla staden, sjön och fjällen. När hon sedan sänkte blicken mot parkeringen såg hon Karl kliva i sin svarta BMW och köra iväg.

Över tio år hade de varit tillsammans och hon var egentligen kär i honom fortfarande. Om bara inte det dova täcket av apati och orkeslöshet hade dragit över henne hade de kunnat ha det underbart tillsammans. De hade egentligen allt de kunde önska sig. Pengar och boende, materiella ting, var inga problem. Det var bara tid och ork som saknades. Karl hade hamnat i nån sorts kris över att ha stagnerat på jobbet och Gabriellas humör hade börjat förändras ungefär samtidigt. Det var då skavandet dem emellan började.

Det tog ett tag av smågnabb och gräl, halvhjärtat sex och tryckt stämning innan hon förstod att de behövde göra något åt det hela. Hon grubblade länge i ensamhet på vad de skulle göra. Hon ville hitta en lösning och få det att funka, för trots deras tryckta misspass var det ändå Karl hon ville leva med. Hon började med att lägga band på sig själv. Att inte snäsa åt honom även om hon var på dåligt humör. Det var lätt, det var bara att låtsas vara glad. Sedan började hon lyssna mellan raderna för att förstå vad som saknades för Karl, vad som gjorde honom stressad. Han pratade aldrig direkt om sina problem, hon var tvungen att vara lyhörd och lägga ihop de pusselbitar han gav ifrån sig ibland. När hon väl hade förstått hans situation på jobbet lyckades hon, utan att han märkte det, motivera honom att börja ta tag i saken och göra något för att förändra situationen på arbetsplatsen. Det var ganska enkelt, han var hyfsat lättpåverkad.

Men sedan märkte hon att det var en sak till som gjorde honom nedstämd. Det var något mer som stressade honom. Något som satt djupt inom honom, något han definitivt inte pratade om. Det var något som fattades honom.

Och när hon väl förstod vad det var hon började planera vad hon kunde göra åt saken. Efter en tid av bekymrat grubbel beslutade hon sig för en lösning. Hon skulle ordna det utan att berätta för Karl, hon ville överraska honom. Så motiverade hon det i alla fall för sig själv.

För hans skull, för sin egen skull. För deras framtids skull.

Efter att en stund ha stått och undrat vad en förbifladdrande nässelfjäril gjorde så högt upp som femte våningen gick hon in och satte sig på toa. Där hittade hon en resekatalog, bläddrade förstrött i den, skummade delvis igenom en artikel om Kroatien som hon längtansfullt läst många gånger förut, och lade sedan undan den när hon var klar.

Efter en snabb dusch och sminkning klädde hon på sig och hällde upp en kopp kaffe i köket.

Mörkret och depressionen inom henne kändes för tillfället under kontroll.

Hon önskade att hon kunde få ha en helt vanlig dag. Hon önskade sig en bra dag. Hon ville njuta av solen, ta en promenad och en glass i solen. Strosa. Leva.

Passa på innan något går snett. Innan humöret försvinner helt.

Men alltid är det något som ska göras, alltid skjuts levandet upp tills i morgon. Jobbet tar tid, Jessica behöver transport till en kompis, Karl har alltid visning på något nytt hus och kan aldrig ta en spontan semester, de är båda trötta efter jobbet, men de måste dammsuga och tvätta kläder, laga mat, göra matlådor, fixa disken, boka tid hos tandläkaren och ta bort den där envisa tandstenen som kommer tillbaka hur mycket man än försöker med tandtråd så tandköttet blöder ner hela handfatet och mensvärk och järnbrist, sen en dusch och raka benen, smörja in huden så den inte blir torr, och så är det all obesvarad e-post, och det var väldigt länge sen hon ringde sina föräldrar, och så är det nåt på teve, och sen har dagen gått.

Den där dagen då man bara får leva i lugn och ro tycks aldrig komma.

Men den kommer nog aldrig av egen kraft heller, tänkte hon och bestämde sig för att hon själv måste se till att den blev av.

Kanske skulle idag bli den dagen.

Medan hon tänkte på det tog hon fram ägg och bacon, ställde en stekpanna på spisen och klippte av baconpaketet på mitten innan hon la de halva baconskivorna i pannan. Medan de sakta började fräsa letade hon fram en matlagningspincett i plast och en stekspade. Med pincetten vände hon baconskivorna tills de var välstekta, precis på gränsen till krispiga. Sedan knäckte hon två ägg i pannan och det sprakade av hett baconflott som bubblade och sprätte ut över stekhällen. Samtidigt som de fräste i pannan hackade hon upp en stjälk salladslök. När äggen var lätt vändstekta lade hon upp dem med bacon och lök på en tallrik innan hon strödde lite örtsalt och svartpeppar över det. Hon ställde tallriken på köksbordet och hämtade en flaska bubbelvatten ur kylen.

Då hörde hon att mobiltelefonen ringde inne i sovrummet och hon sprang snabbt och hämtade den. Det var ett obekant nummer så hon svarade formellt ifall det var något jobbrelaterat.

"Ja, det här är Gabriella Reimann."

"Hej, Gabriella, jag heter Eva Fridegård, jag är Jessicas klassföreståndare..."

Gabriella, som kände igen rösten, stelnade till och avbröt kvinnan.

"Har det hänt något?"

"Nej nej, ingen fara, inget sånt. Ringer jag och stör?"

"Jag skulle precis äta lite... Vad gäller saken?"

"Jo, jag skulle vilja träffa dig och ha ett litet samtal om det går bra. Det är några saker jag skulle vilja prata lite om bara, angående Jessica."

"Vad då för saker?"

"Det är några saker jag skulle vilja ta upp bara. Men vi kan prata mer om det när vi ses, min rast här är ganska kort, och så vill jag inte störa dig mitt i lunchen. Skulle du ha tid någon sen eftermiddag den här veckan?"

"Jag vet inte, jag måste kolla det. Kan jag ringa upp dig senare", frågade hon irriterad över att maten kallnade framför henne.

"Javisst, har du mitt direktnummer?"

"Va? Jo, jag har nåt papper... Jag hittar det nog."

"Vad bra, jag har lektioner till klockan tre. Hör av dig efter det, så bestämmer vi en tid."

"Du kan inte säga vad det gäller nu?"

"Det tar nog lite tid, det är bättre om vi tar det när vi ses. Ringer du mig senare idag då?"

"Javisst. Tack så mycket."

Efter att ha sagt adjö lade Gabriella undan luren och undrade varför det alltid dök upp någon som störde levandet med något ovidkommande. Det var som om hon inte hade hört allvaret i lärarens röst. Hon tänkte att det rörde sig om något vanligt trivialt skolärende så här i slutet av vårterminen. Alltid dyker det upp små meningslösa uppgifter som måste göras. Aldrig finns tid för de viktiga sakerna i livet. Tiden rinner ut, man har inte obegränsad mängd, man måste prioritera.

Sedan åt hon snabbt sin frukost, upprörd över att Eva av någon anledning hade kallat den lunch, och ställde tallriken i diskmaskinen när hon var klar. Hon diskade den baconflottiga saxen för hand och hängde den på en krok med andra köksredskap ovanför diskbänken. Torkade ur stekpannan med hushållspapper och diskade sedan även den. Sedan spolade hon ordentligt i vasken och torkade bänken med en trasa.

Allt var fläckfritt och rent när hon lämnade köket.

6

Flextiderna på byrån var generösa så ingen reflekterade ens över att Gabriella kom sent. Hon hade sminkat sig glad och vacker. Henrik och de andra kollegorna hälsade utan att ta ögonen från sina datorskärmar när hon gick förbi. Hon hämtade kaffe, hällde i lite mjölk och grävde sig sedan diskret in under plastfolien som täckte brickan med eftermiddagens fredagsfika för att stjäla en kladdig mocka-kaka redan nu. Hon tog med en servett och försvann sedan in i den relativa tryggheten på sitt rum.

Hon ställde ifrån sig kaffet och kakan bredvid datorn, som hon i förbifarten startade, och gick sedan till den lilla bokhyllan som stod vid ena väggen i det lilla rummet. Hon drog med fingrarna över bokryggarna och kände ett visst välbehag.

Böckerna var hennes inspiration. De gjorde henne lugn. De stod där trygga som livslånga vänner och gav henne stöd med sina dolda världar mellan pärmarna. Detta var bara en liten filial till hennes stora bokhyllor därhemma. Det var mest facklitteratur om grafisk design och stora bläddervänliga konceptböcker med vackra illustrationer. På ett hyllplan fanns även en del prosa och poesi.

Fingrarna fastnade som så ofta vid Karin Boye och Gabriella drog ut en av hennes novellsamlingar. Tog med den och satte sig bakåtlutad i den ergonomiska kontorsstolen vid skrivbordet och såg att datorn nu nästan var uppstartad. Hon tog en klunk av kaffet och lutade sig tillbaka med den värmande koppen intill bröstet och boken i den andra. Sakta och utan stress läste hon några sidor medan hon ibland tog några klunkar kaffe.

Även om hennes område var visuell design, så älskade hon även ord. En vacker dag skulle hon skriva en roman, det hade hon länge önskat sig. Vad den skulle handla om var oklart. Men förr eller senare skulle hon få en bra idé och tid nog att kunna skriva. Det skulle bli underbart.

Efter några sidor med långsamt lästa dikter kände Gabriella sig nöjd, lade undan boken och ställde ner koppen igen. Hon tog upp kakan och skrapade omsorgsfullt bort så mycket kokos hon kunde utan att peta bort något det delikata lagret av chokladglasyr. Sedan åt hon njutningsfullt och blundade utan att bry sig om kolhydraterna.

Omvärlden var försvunnen för några minuter. Hon

befann sig från det ögonblick då hon vidrörde boken tills hon hade ätit upp kakan i en annan värld. Hon fick några minuter i en perfekt tillvaro och det laddade hennes batterier tillräckligt för att hon skulle kunna ta sig genom ännu en dag. Ibland krävdes det inte mer för att hon skulle kunna må bra en stund. Det var de här ögonblicken hon alltid längtade efter och önskade skulle vara längre.

Livskvalitet för henne var att kunna sätta sig med en bok när hon hade lust att läsa, att kunna äta en kaka när hon blev sugen, att kunna diskutera med en vän om hon hade något intressant eller viktigt att säga.

Kaka och bok, två av tre, tänkte hon och kände sig hyfsat nöjd i alla fall. Och i morgon väntar middag och sällskap.

Hon tog den sista klunken kaffe och började sedan arbeta.

Det största av den handfull projekt hon jobbade med för tillfället var förnyelsen av ett stort, gammalt köpcentrum i kärnan av staden. Hon hade i stort sett fria händer att skapa en helt ny visuell identitet som skulle konkurrera med, och locka kunderna tillbaka från, de betydligt yngre kommersiella köpladorna utanför staden.

Samtidigt som hon sig hedrad över att få jobba med ett varumärke som hade funnits så länge i folks medvetanden så var det även en stor utmaning. Det tidigare namnet och dess logotyp var djupt inpräntade i stadens invånare. Hur skulle hon kunna modernisera det utan att fjärma de gamla kunderna? Hur skulle hon förnya något som var så gammalt och invant?

När Gabriella var på gott humör, som nu, älskade hon den här typen av utmaningar i sitt arbete. Att identifiera ett problem och hitta på en lösning. Hela den kreativa processen, känslan av att göra något nytt. Att från ingenting skapa en idé och sedan arbeta fram något verkligt och påtagligt.

Hon tog fram ett skissblock och tecknade snabbt ner sina associationer. Stadens centrum. Själva kärnan. En samlingsplats. Utrymme för handel och lek. Gemenskap och glädje. Trygghet och närhet. Familjer och glada barn. Locka barnen och föräldrarna följer efter. Hon försökte ta fasta på hur hon skulle tänkt som förälder när Jessica var ung, vad hade hon velat ha då? Vad skulle ha lockat henne dit?

Idealet vore en stabil och trygg familjesituation där mamman och pappan handlar, fikar och umgås medan barnet kan leka i säkerhet i närheten.

Det var i alla fall vad Gabriella själv önskade sig.

En fristad för familjen.

Sakta uppslukades hon av sitt arbete och resten av dagen passerade snabbt och behagligt utan att hon såg skymten av mörkret inom sig.

Andra delen

7

En gång när Gabriella bodde i Napoli blev hon inbjuden som talare på en filmfestival. Hon hade skickat in en typografisk film – en berättelse om en ung flicka som flydde från sitt hemland då hon förföljdes av fascister för sina åsikter – och blev av festivalledningen inbjuden att hålla i ett seminarium om filmen efteråt.

Handlingen presenterades som en berättelse gjord enbart med bokstäver som rörde sig över skärmen i flera lager och bildade mönster på ett mycket effektfullt och stilistiskt sätt. Hon hade i filmen applicerat alla sina färska kunskaper från studierna i grafisk design och kommunikation och skapat något som sedan skulle komma att vandra runt på filmfestivaler över hela världen.

Berättelsen utspelade sig i ett demokratiskt och till synes öppensinnat europeiskt välfärdsland, underförstått Sverige, och poängen var att även om vi tror att det inte kan hända mitt i ett upplyst, och för den delen sekulariserat, land kan allt plötsligt förändras ändå. Mörkret finns ständigt där, bakom fasaden.

När hon gjorde filmen handlade den nog lika mycket om henne själv och hennes känsla av utanförskap, som om den fiktionära flickan vars politiska åsikter inte var passande. Hon hade länge haft tankar och fantasier som hon inte ville låta någon få reda på, så hon försökte sedan länge pressa undan dem, gömma dem långt bak i medvetandet och låtsas till och med inför sig själv att hon inte visste om att de fanns.

När hon nu satt hemma vid köksbordet och slog upp Karls kvarlämnade morgontidning såg hon ett reportage om ännu en fredlig demonstration som attackerats av nazister. Hennes fiktion höll på att bli verklighet. Det var skrämmande. Hur kunde de få finnas? Varför slog inte folk tillbaka, varför accepterade man att de fanns? Hur kunde de nästla sig in i styrande positioner? I hela Europa dessutom. Var folk så outbildade? Hur kunde man ge makt åt krafter som ville utplåna allt som inte passade deras ideal? Hon tänkte att om någon av dem fick reda på vilka smutsiga tankar som fanns inom henne skulle hon också behöva fly från landet.

Trots att dagen varit bra fylldes hon av en begynnande oro. Det var nästan så hon ville se sig över axeln för att vara säker på att det inte stod någon där och tittade på henne.

Men hon var ensam och hade så varit sedan hon kom hem en halvtimme tidigare. Det var middagsdags och hon satt i köket och väntade på att Jessica och Karl skulle komma hem. I kylen stod tre lådor sushi som hon tagit med hem när hon kom från jobbet. Det blev smidigast så, tänkte hon, eftersom det inte var nån mening att laga varm mat då hon inte visste hur länge Karl skulle jobba över med sitt projekt på mäklarfirman.

De var båda akademisk övre medelklass och trodde på jämställdhet. Det var bara det att Karl var usel på att laga mat, så han tog istället hand om annat istället. Hon hade uppfostrat honom bra ändå tyckte hon. Han hade varit den typiska, bortskämda medelklasskillen vars mamma tagit hand om allt när han växte upp. Han hade knappt kunnat sköta ett hem när de träffades.

Nu skulle hon till och med kunna lita på honom att byta blöjor på ett barn. Om de hade haft något.

Hon suckade över tidningen och längtade tillbaka till tiden i Italien. Hon längtade till skolan. Hon längtade till de där gångerna när hon fick prata om sin film, när hon fick stå framför alla åhörare, mitt i centrum och prata om att gömma sig själv.

Det hade gett henne självförtroende och tillförsikt inför framtiden. Kanske var det just den upplevelsen som gjorde att hon vågade släppa någon inpå livet, trots att hon ibland inte ens ville kännas vid sig själv. Kanske var det förtroendet som festivalstyrelsen gav henne som gjorde att hon trodde nog på sig själv, som gjorde att hon vågade öppna sig tillräckligt mycket för att släppa in Erik som det första seriösa förhållandet i sitt liv.

Hon längtade tillbaka till den känslan, innan allt.

Hon önskade att hela världen skulle ligga för hennes fötter igen.

Hon önskade att hon väntade på att träffa en vacker ung man med intelligens och en lagom mörk sida som kompletterade hennes. En man som inte dömde henne, som hon inte behövde gömma sidor av sig själv för. En man hon ville gifta sig med.

Det var Erik hon hade väntat på. Det hade hon förstått när de träffades och blev tillsammans, när de gifte sig och skaffade barn.

Nu hade hon istället det näst bästa. Karl var också

stilig, om än inte lika välbyggd. Han var intelligent, men på ett annat sätt. Han saknade det där skarpa djupet som Erik hade haft. Och även om Karl också brottades med sin egen inre skugga, så gjorde han det ensam. Han släppte inte in Gabriella och hon kände inte att hon kunde dela sitt inre med honom. De delade aldrig sina tankar fullt ut. Ändå fattade de tycke för varandra. Och nu fattades bara en enda sak för att de också skulle få något gemensamt.

Väggklockans visare tickade långsamt framåt.

Inte ens kulturbilagan kunde lugna ner henne. Hon kände sig rastlös och orolig. Tittade upp på urtavlan var trettionde sekund utan att riktigt ta till sig vad klockan faktiskt var. Hon ändrade sittställning hela tiden, som om hon satt på något obekvämt. Kliade sig energiskt i bakhuvudet och undrade vad det var som väste så från köksfläkten. Det var som om något levande gömde sig därinne i det vindlande ventilationssystemet.

Hon småsprang ut i hallen för att hämta ett långt skohorn i metall hon tänkte ha som tillhygge. Men innan hon hann vända tillbaka till fläktkåpan hörde hon steg i trapphuset och rasslade nycklar i ytterdörren. Då stannade hon upp och ställde snabbt ner skohornet igen. Hon kände igen stilen på rasslandet och förstod att det var hennes dotter som kom hem.

Jessica öppnade dörren och hajade till när hon alldeles framför sig såg Gabriella stå och låtsas vara upptagen med att ordna kläderna på hallens överfulla klädhängare.

"Oj", utbrast Jessica och stannade upp i dörren.

"Hej, Jessi-gumman", sa Gabriella och försökte spela oberörd.

"Men vad gör du?", sa hon irriterat över att ha ryggat tillbaka. "Du kan inte stå här och skrämmas fattar du väl."

Hon ställde ner sin axelväska, hängde av sig jackan och knöt energiskt upp den höga snörningen på skorna.

"Vad blir det för mat? Jag är vad-heter-det ashungrig. Lunchen var kräk, så jag har bara käkat mackor."

"Jag har köpt sushi", sa Gabriella och hann stryka Jessica över håret innan dottern fick av sig skorna och reste sig upp igen.

"Men äntligen", sa hon och log. "Jag ska bara på toa först."

Jessica tog med sin väska och försvann in på toaletten medan Gabriella gick in i köket och tog fram glas, en karaff med vatten, två av sushilådorna, ätpinnar och soyafat.

Medan hon väntade på Jessica stod hon vid fläkten och lyssnade. Höll nästan andan. Men nu hördes inget väsande.

När Jessica kom in i köket slängde hon sig ner på stolen och tog locket av sin plastlåda. Med pinnarna i ena handen pekade hon och räknade upp de olika sorterna.

"Ahi, Ebi, Ikura, Unagi, Hamachi, Ivana, Tamagoyaki, Masu Nigiri..."

"Oj, hur kommer du ihåg allt det där?"

"Vet inte, det är ju sjukt länge sen sist."

"Jag är imponerad", sa Gabriella och sedan mumlade de båda *itadakimasu*, nästan i kör, innan de började äta.

Båda njöt av de första bitarna under tystnad. Sedan frågade Gabriella:

"Vad har du gjort på skolan idag då?"

"Inget särskilt."

"Vad hade ni för ämnen?"

"Tråkiga. Fast på bildtimmarna, det var coolt, jag och Sofia byggde en riktig fotostudio. Det var som värsta professionella grejen, vi lånade blixtar av Skägg-Larsa, kommer du ihåg honom, han bildläraren med skägget? Han sa att vi fick göra vad vi ville, och jag tog säkert femhundra bilder. Några andra i klassen ville också vara med, men det var jag som bestämde, det var våran grej, så det var bara dom jag ville som jag fotade. Kan vi köpa studioblixtar? Jag har kollat upp, det finns färdiga paket, det är inte så dyrt. Jag behöver det om jag ska lära mig studiofoto liksom, det är basic alltså, det bara måste man kunna. Stativ och allt ingår, Larsa visade en hemsida..."

Jessica tog fram mobilen och skulle visa sidan för Gabriella.

"Mejla mig länken sen, så ska jag kolla på det. Lägg undan den där medan vi äter. Du vet vad vi sagt."

"Jaja, jag vet. Jag ville bara visa, kan du titta på det på en gång sen, please please with pretty please on top?"

"Jag tittar på det ikväll gumman."

"Thanks, mom!"

"Var inte Veronica med och fotade?"

"Nä, hon går inte bild. Hon hänger bara med när jag fotar själv."

"Aha. Hur är med det med henne annars då?"

"Bra."

"Jag och Karl har förresten bjudit in Anneli och Björn på middag i morgon."

"Varför då?"

"Vi tänkte att det kunde vara roligt att lära känna dom. Du umgås ju jämt med Veronica."

"Ja, men jag vill väl inte hänga med hennes föräldrar heller."

"Nä, det är ju jag och Karl som ska göra det."

"Så dom kommer hit och ska äta?"

"Ja, det blir väl trevligt?"

"Mmm, visst", sa Jessica och försökte rycka likgiltigt på axlarna. Men Gabriella såg att hon egentligen var väldigt missnöjd över det hela.

"De tar med sig Veronica också, så du får också sällskap."

"Tur det."

"Det låter inte som du tycker det är en bra idé?"

"Jodå, det är det väl."

"Okej. Får jag se några av bilderna du tog?"

"Jag ska shoppa dom först. Du får se sen."

"Okej. Är det till bloggen?"

"Nä, den är gammal, jag har en ny ström."

"Jaha. Vad är det för adress?"

"Den är bara för inbjudna."

"Får inte din mamma nån inbjudan?"

"Nej, inte den här gången."

"Får jag inte se? Har du fotat några snygga killar i klassen eller?"

"Men morsan! Ååååh! Sluta va så störd!"

"Jag är väl inte störd!"

"Du frågar ju om killar hela tiden! Totalt fixerad liksom! Tänk om jag kanske är lesbisk!"

"Jaha, men det får du väl vara. Har du fotat några snygga tjejer då?"

"Men åååh! Tönt! Alltså, det är ju just därför jag vill ha nåt som inte du lägger pinsamma kommenterar på hela tiden."

"Fair enough", svarade Gabriella förstående. "Hade internet funnits när jag var ung hade jag blivit vansinnig på min morsa också. Hon skulle hålla koll hela tiden. Alltid nyfiken. Måste veta hur allt ligger till jämt."

"Mormor är cool, inte störd som du!"

"Haha. Hon undrade förresten om vi skulle komma och hälsa på nåt snart."

"Det kan vi väl. Men nästa helg ska vi väl till Henrik?"

"Japp. Om den här värmen fortsätter blir det bra badväder."

"Jag vill köpa en ny baddräkt. Den gamla är ful."

"Gör det du. Jag måste väl hålla mig still den helgen, så jag blir nog kvar på stranden."

"Just ja... Är du liksom nervös inför det, eller?"

"Lite. Men det ordnar sig nog. Vi får åka till mormor senare."

När de ätit färdigt plockade de ihop resterna och Gabriella slängde skräpet i soporna. Jessica dröjde kvar i köket istället för att att försvinna in på sitt rum som vanligt efter middagen.

"Vet du", sa hon trevande. "Jag vill åka bort nånstans. Som när vi var i London förra våren. Fast längre liksom, längre tid. Jag menar, du bodde hemifrån när du var ung.

Fast jag vet inte, kanske inte själv, alltså, du kan ju åka med tills jag blir lite äldre va. Om man tänker strategiskt liksom, jag vill gå i skolan där. Jag kan träna engelska, det vore nice. Jag vet helt ärligt vad jag vill alltså, i framtiden. Jag vill fota. Jag ska bli världsbäst fotograf."

Gabriella tittade på sin dotter och försökte ta in vad hon sade. Hon visste att foto var Jessicas stora intresse och att hon var duktig hade både hon och Karl redan förstått. Men det här var första gången hon sade rakt ut vad hon tänkte om framtiden. Hon pratade om något större än att bara snacka till sig en systemkamera i födelsedagspresent. Hon pratade plötsligt om sitt liv. Om framtiden.

Gabriella blev plötsligt rörd och var tvungen att kämpa för att inte visa det inför dottern som bara skulle tycka att hon var pinsam om hon började gråta över en sådan sak. Jessica växte upp snabbt nu och snart skulle hon vara vuxen. Snart skulle Gabriella inte längre ha hennes liv i sina händer. Hur skulle hon då kunna skydda henne?

"Skulle du vilja flytta", frågade hon och försökte verka oberörd. "Till London?"

"Typ. Eller jag vet inte, det var bara som jag funderade."

"Med hela familjen då eller?"

Jessica svarade inte på en gång. Det var som om hon stod och tänkte efter. Som om hon stod och valde vad hon skulle svara. Till slut bestämde hon sig, och det var som om det hon sade var något hon tänkt på länge men aldrig riktigt formulerat i ord.

"Är vi en familj egentligen? Alltså, vi bor tillsammans, vi är väl typ en familj. Men vi lever inte tillsammans. Vi har ingen sån här interaktion med varandra, du vet. Jag och Karl alltså, vi känner ju knappt varandra. Det är ju som att, om inte du fanns, så skulle vi väl inte ha något att prata om. Det skulle inte finnas nån sorts koppling. För mig är han bara vilken gubbe som helst, kan man säga, och utan dig skulle han vara som en främmande bara. Jamen alltså, det enda jag vet om han är sånt du sagt, sånt jag hört er snacka om. Och vet du, han har alltid en sån där distans här hemma, han har ett sånt här personligt revir som är jättestort bara. Han har en sån där, vad heter det, en fasadansikte. Eller ja, ett fasadansikte heter det. Det är skitläskigt. Inte så jag är rädd för honom alltså, han är väl snäll, eller ja, jag vet inte, men det är bara askonstigt att inte veta vad som finns där bakom. Som en scary mask bara. Ett låtsasansikte. Jag förstår att det liksom är annorlunda när det bara är ni själva, men jag ser ju bara hur han är, och hur han och du är, när jag är med. Ni är ju annorlunda då. Jag menar, visst är vi en familj och så, men jag tänkte, vad vi har för adress, det är väl det enda vi riktigt har gemensamt allihop."

Mållös stod Gabriella och såg på Jessica. Det var inte vad hon hade väntat sig. Hon hade alltid tyckt att deras familj var harmonisk och att de, bortsett från de aktuella problemen, i grunden hade det ganska bra. Att höra sin dotter kalla mannen hon älskade för en främling skar i hjärtat på Gabriella. Hon trodde att Jessica och Karl hade kommit varandra närmare än så. Den inledande antagonismen dem emellan trodde hon hade gått över. Hon trodde att Jessica successivt hade börjat acceptera honom som sin styvfar efter alla dessa år.

Hade de båda varit så duktiga på att låtsas inför henne att hon varit helt ovetande om den mur som fanns mellan de två viktigaste personerna i hennes liv? Hade hon varit så fokuserad på sig själv och sitt eget perspektiv att hon inte hade kunnat ta till sig deras?

Eller så visste hon egentligen om det, innerst inne.

Kanske hade hon bara blundat. Hoppats att det skulle lösa sig, att det inte var så dåligt ändå.

Det ilade från hennes fingrar, upp längs armarna, som om hala knivblad gled mellan hennes händer.

"Är det så illa", frågade hon dämpat, som om hon egentligen inte ville ha något svar.

"Nej... Jo, eller kanske. Jag vet inte. Förlåt."

De tittade på varandra och Gabriella visste inte vad hon skulle säga.

Till slut försökte Jessica trösta sin mållösa mor:

"Tack för maten, det var jättegott med sushi. Det kan vi väl äta snart igen?" Sedan gick hon sakta in på sitt rum och stängde försiktigt dörren efter sig.

Gabriella hörde att det hade börjat väsa konstigt i spisfläkten igen. Som om något främmande försökte tränga sig in.

8

När Karl kom hem senare på kvällen märkte inte Gabriella hur tom och blek han var. Han sa knappt hej när han ställde ifrån sig sin väska, gick ner på knä och långsamt knöt upp sina skor. Hon som alltid ansåg sig vara observant på andra och som alltid försökte se till att andra hade det bra innan hon brydde sig om sig själv. Ändå märkte hon inte hur han mådde. Hon var fullt upptagen med sig själv.

Hon satt i köket med sin surfplatta och hade först vaktat det märkliga väsandet i fläkten. Sedan hade hon glömt bort det när hon tappade koncentrationen och fastnade i sitt surfande tills Karl kom hem. Hon uppfattade inte att han tycktes ha haft en väldigt utmattande dag. Hon såg inte att han satte sig framför henne vid köksbordet och stoppade i sig sushibitarna snabbt och mekaniskt, utan att njuta av dem som han brukade.

Hon förstod inte – trots att Jessica nyss påmint henne om att hon lätt förlorar sig i sin egen värld.

"Hur har du haft det idag", frågade hon i tron att hon brydde sig om honom. I själva verket var det bara en tom, rutinmässig fras hon sa utan se på honom, utan egentligen vilja höra hans svar.

"Bra", svarade han lika rutinmässigt. "Lite lång dag bara. Hämtade nycklarna till husprojektet idag. Hittade en liten svart statyett därute i huset. Tänkte du kanske gillar den. Den ser lite udda ut, så jag tog med den hem. Den ligger i väskan. Nu är jag bara trött. Så sliten."

"Ah, jag kollar sen. Och du borde lägga dig tidigt ikväll då."

"Ja, det tror jag... att jag måste, det ska jag."

"Men nu är det i alla fall äntligen helg. Det blir skönt."

"Ja, jag behöver vila."

"Passa på att sova ut i morgon. Du kanske borde hoppa över träningen?"

"Tja... Jag får se."

"Okej", sa Gabriella nöjd över att ha gett ett gott råd, men helt omedveten om att hon utgått från sig själv, sin dygnsrytm och inte förstått att Karl mådde bra av att få komma upp i tid på morgonen och göra något konstruktivt. I tron att hon nu hade varit omtänksam fortsatte hon: "Jag pratade förresten med Jessica om att åka bort nåt framöver. Ta lite semester."

"Det skulle vara trevligt", sa Karl utan att riktigt hålla med.

"Lite miljöombyte kunde vara bra tänkte jag. Är det nånstans du skulle vilja åka?"

"Jag vet inte. Jag är för trött för att tänka på det nu."

"Okej, vi får väl kolla lite sen. Sova på saken. Nästa helg är jag och Jessica i stugan, det kommer du ihåg va?"

"Ja-ja", sa han, men utan att riktigt veta vad han svarade på.

"Vill du inte följa med dit ändå?"

"Nej, det är ju precis mitt i min presentation. Jag behöver ordna det innan jag kan slappna av. Sen kan jag vara ledig och ta igen mig. Då blir det skönt att få vila. Jag har huvudvärk idag också."

"Hoppas det går över snart."

"Bara stressen släpper så."

"Har du tagit nån tablett då?"

"Ja", sa Karl och plockade undan matlådan och skräpet från bordet. "Jag går och lägger mig nu."

"Redan?"

"Ja, jag är så trött. Du sa ju att jag kunde lägga mig."

"Är du så trött så är det klart du ska lägga dig. Fast klockan är bara åtta."

"Det spelar ingen roll. Jag behöver sova."

"Okej, godnatt då", sa hon och gav honom en flyktig puss innan han lämnade köket.

Sedan tänkte hon inte mer på honom. Hon återvände till det hon varit försjunken i innan han kom hem.

I sin surfplatta växlade Gabriella mellan flera öppna flikar. Hon tittade på länken till fotoaffären som Jessica hade skickat, på en sida med sista minuten-resor, på en sida med designnyheter och så hade hon sökt fram några gamla vänner i sitt sociala nätverk. Hon tittade runt på deras profiler, tittade i deras bildgallerier och tänkte att hon borde skriva till dem istället för att klicka runt som en smygtittare. Hon borde skriva och fråga hur läget är.

Men det var något som tog emot. Hon kunde inte samla nog med ork för att ens formulera en hälsnings-fras. En gång hade hon öppnat ett meddelandefönster, men hon hade inte ens kunnat skriva något i ämnesra-den. Sedan dess satt hon bara och tittade igenom bilder för att på något sätt ta del av deras liv.

Hon ville verkligen få vara inkluderad. Hon ville vara med på deras fester, köpa presenter till nån som just fått barn och hon ville ha vänner som kunde komma och fira henne när hon fyllde femtio om några år. Hon ville ta upp kontakten igen. Men det gick inte.

Hur skulle hon kunna närma sig någon av dem igen utan att det blev konstigt? Vad skulle de säga efter så lång tid? De skulle fråga om så mycket och hon skulle inte kunna förklara.

De skulle bara vara nyfikna.

Samtidigt som hon trasslade in sig i negativa tankar blev hon irriterad på sig själv. Nu skulle hon ju vända alltihop. Hon skulle ju ta nya tag och äntligen komma vidare. Så varför detta ältande? Framtiden var ljus och alla problem var på god väg att lösa sig.

En sak i taget. Sakta men säkert. Steg för steg.

Hon räknade upp klichéerna och log smått åt sig själv.

Kanske skulle hon kunna göra några moodboards med självklara floskler i spännande teckensnitt med retrokänsla att hänga upp på väggarna så hon sporrade sig själv att faktiskt göra något bättre än så. Hon ville inte nöja sig med att vara en medelmåtta, hon ville inte nöja sig med inskränkta och stereotypa tankar som redan tänkts till leda. Hon ville ha kontroll över sitt liv. Att blåsa upp det självklara på tavlor så stort som möjligt, att blottlägga trivialiteten i tillvaron, kanske kunde hjälpa henne att se något nytt, se något som hon kände på sig existerade bortom det självklara.

Hon hade större saker som väntade.

Men för att klara det skulle hon behöva en positiv framtidssyn, tänkte hon. Kanske borde hon göra en gigantisk affisch i klassisk schweizisk design med stora plustecken och uppmuntrande, men strikta, bokstäver i teckensnittet Helvetica.

+++ TÄNK PLUSITIVT +++

Det skulle väl vara en medelmåttigt affirmativ kliché om något.

Hon öppnade sin e-post och skrev ner idén i ett brev

till Henrik. Han skulle förstå hennes ironi, han skulle skratta och sen överraska med att faktiskt utforma och trycka upp en sådan hemsk affisch åt henne.

Hon log åt tanken.

Ännu lyckades hon hålla mörkret på avstånd.

9

Ur högen med inplastat kött valde Gabriella två stora bitar ekologisk fläskfilé och lade dem i varukorgen med grönsakerna och de två halvliters gräddtetrorna.

Hon var lite sen till stormarknaden och stressade fram mellan raderna, lätt irriterad på alla långsamma människor som stannade mitt i vägen hela tiden.

Lördagen hade börjat dåligt med att hon försov sig. Hon hade varit vaken halva natten och Karl hade trots allt gått upp tidigt och åkt iväg för att träna. Så hon vaknade först när klockan var över elva.

Det hade varit tomt hemma i lägenheten, Jessica var också ute, och Gabriella hade känt sig ovanligt ensam medan hon åt sin vanliga äggröra med bacon till frukost. Sedan hade hon tagit bilen till butiken i norra utkanten av staden för att handla till kvällens middagsbjudning.

Och plötsligt stod hon där mellan hyllorna, kände sig konstig och stirrade ner i korgen. Såg bitar av döda djur i vakuumplast. Såg grönsaker som sakta börjat ruttna redan när de skördades. Såg meningslösheten i att föra in dem i kroppen bara för att krysta ut dem några timmar senare. Vad skulle det vara bra för?

Hon grep tag om den ena fläskfilén och kramade åt.

Blundade och föreställde sig att det var en man hon höll i. Tänkte på hur den skulle ha känts om den vore varm och omsluten av mjuk hud istället för plast.

Först när hon insåg att någon hade stannat intill henne öppnade hon ögonen igen. Hon ryggade tillbaka så hastigt att hon rev ner några kartonger från hyllan bakom sig. Sedan rodnade hon och ställde ner korgen för att ställa upp varorna igen.

Mannen som stannat betraktade henne utan att säga något och hon kände pulsen snabba på. Kroppen kände igen honom redan innan hennes medvetande gjorde det.

Hon visste vem han var och det fyllde henne med obehag.

Som om han stått och väntat på att hon skulle känna igen honom hälsade han till slut helt kort, med något nedlåtande i rösten.

"Hej, Gabriella."

"Hej, Tommy", svarade hon osäkert, som om hon hoppades att det inte var han.

Men det var inget tvivel.

Hon hade blivit bekant med Tommy genom Erik och redan från första stund hade hon avskytt honom. Nu hade han åldrats märkbart på de femton år som gått sedan hon såg honom sist. Han hade gått upp en hel del i vikt och var ovårdad och sliten. Skäggstubben var över en vecka gammal och han hade på sig en mörk huvtröja med borttvättat tryck och ett par säckiga, svarta träningsbyxor med vita linjer längs sidorna.

Hon kände stanken av hans svett och rös till.

Hela hans uppenbarelse gav en äckelkänsla hon

knappt kunde kontrollera. Hon kände att hon var på väg att börja hyperventilera och såg sig om som efter en flyktväg.

"Dig har jag inte sett sen det där med Erik", sa han och verkade road av att hon blivit så chockad över att se honom.

"Nej...", sa hon och stirrade tomt ner i hans varukorg. Där låg två paket fläskkotletter.

"Alla äter gris idag", sa hon utan att veta varför.

Tommy log med nikotingula tänder och lade plötsligt en grov hand på hennes axel. Smutsiga naglar och spruckna nagelband, tänkte Gabriella medan han sakta smög in fingrarna under hennes hår och tog ett fast grepp om hennes nacke.

"Jag tror att du skulle behöva en session hos mig", sa han.

"Jaså", sa Gabriella och kunde inte koncentrera sig på annat än den främmande handen som på ett obehagligt intimt sätt trängde in i hennes privata sfär.

Han lutade sig närmare och hon kände hans andedräkt mot kinden. Hon fick kämpa för att kontrollera darrningarna i kroppen.

"Det är nåt som inte står rätt till. Nånting har hänt dig, du är ur balans. Du har... du luktar så gott på ytan, men det är något... det är ett mörker inom dig. Långt inne i djupet stinker det av skräck. Du bär något därinne. En svart skepnad. Nåt som måste ut, upp i ljuset. Jag brukar hjälpa till med sånt. Jag har eget företag nu."

"Vad då för... Vad gör ditt företag?"

"Jag gör sånt som psykologerna inte kan hjälpa till

med. Dom förstår sig inte på sånt här. Jag har bättre metoder. Jag går in under huven."

"Men det är inget jag behöver."

"Du, jag vet redan vad du behöver. Jag kan se det. Jag når djupare in i dig än någon annan. Jag kan penetrera mörkret. Kom till mig så reder vi ut vad som bekymrar dig. Det löser sig inte av sig självt om du tror det."

"Men..."

"Jag kan läsa dig så lätt, försök inte. Du kan inte bara låta det vara, det ruttnar ju inom dig, det får dig att må illa. Det löser sig bara om du gör nåt åt det. Du kan ringa mig när du också förstått det. Du får slå upp mitt nummer. Kommer du ihåg vad jag heter?"

"Tommy."

"Ja, men mer?"

"Tommy Nykvist."

"Tommy Nykvist, Krutvaktargränd 88. Ring när du har sett vad det är som slingrar sig därinne", sa han och släppte greppet om hennes nacke för att knacka hårt på hennes bröstkorg med pek- och långfingret. Sedan stirrade han intensivt rakt in i hennes ögon en lång stund innan han sa:

"Mörkret måste ut."

"Men vad då...", försökte hon invända.

"Hejdå Gabriella", sa han tvärt och gick utan att vänta på något svar.

Utan att kunna röra sig stod hon och andades djupt och hårt, länge, med oseende ögon.

Mannens hand hade inte bara gripit runt hennes nacke. Den hade nått mycket djupare in än så. Den hade sträckt sig bakåt i tiden. Han hade rört vid det som vilade inom henne.

Plötsligt hade hon blivit påmind om Erik igen. Det där hon försökte förtränga rörde sig oroligt i sin sömn. Hon stod hon stilla och tyst, utan att tänka en tanke. Allt för att inte störa, inte röra upp något som bäst lämnades i fred.

Ändå var det som om en svart vätska började sippra upp inom henne. Något hade spruckit, något läckte stinkande svart sekret. Hon svalde och svalde. Vågade inte se efter om saliven var så svart som hon trodde.

Hon skämdes och rodnade igen. Som om någon kunde se det smutsiga utanpå henne. Som om hon hade pissat ner sig.

Som om någon visste vad hon bar på.

10

Fastän hon duschat och gjort sig i ordning i över en timme kände sig Gabriella naken och smutsig.

Hon kände sig också skyldig. Skyldig som hade låtit Tommy ta i henne på det där sättet. Som om det hade varit hon själv som hade orsakat det.

Det var inte själva greppet som varit jobbigt. Det hade inte gjort ont, även om han hade klämt åt rejält. Det var själva känslan av att han tog sig rätten att göra det. Att hon inte hade något att säga till om. Att han kunde göra vad han ville med henne. Hon hade känt sig försvarslös och blottad. Hon hade inte haft kontroll över situationen. Det hade gjort henne livrädd.

Hon fick koncentrera sig när hon lade på mascaran för att inte handen skulle darra och stänka på den mörkgula korta klänning hon valt för kvällen.

Varför skulle det obehagliga mötet göra henne så upprörd nu när hon ville kunna njuta av middagen i lugn och ro? Istället hade hon fått stressa med matlagningen och kommendera Karls städinsatser. Hon ville att allt skulle vara perfekt. Hon ville göra ett gott intryck.

Men hon kunde inte sluta undra.

Vad hade Tommy menat med att hon hade ett mörker inom sig? Hur kunde han veta något om om den där klumpen av oro hon bar djupt därinne? En skepnad? Hur kunde han se det? Vad hade han egentligen sett hos henne?

Samtalet hade inte varat mycket längre än en minut. Ändå pågick det fortfarande i hennes huvud. Hela stämningen hade varit så märklig. Det var nästan overkligt. Som om det var planerat att de skulle mötas där.

För att inte vara överklädd tog hon bara på sig några tunna silverarmband och hängde ett enkelt halsband med små lövformade blå aluminiumplattor runt halsen. Hon hade köpt det och ett par matchande örhängen för många år sen av en gammal väninna som var smyckesdesigner. Nu tänkte hon varje gång hon använde det att hon borde kontakta henne och prata om att köpa nya smycken. Då skulle hon i alla fall ha en anledning att ringa.

När hon tog på sig örhängena öppnade Karl dörren till badrummet.

"Ska jag ta den röda eller den gröna", frågade han och

höll upp två slipsar.

"Den gröna är mer vänlig", sa Gabriella. "Ta den, vi vill vara inbjudande."

"Men jag tycker mer om den röda."

"Det spelar ingen roll, vi måste sända rätt signaler ikväll. Du får ta den röda nästa gång. Eller vänta, ska du ha den där skjortan du har på dig?"

"Jag tänkte det."

"Nej, det går inte. Den passar inte med den bruna pullovern."

"Men jag känner mig mer bekväm med skjorta och kavaj."

"Det har du ju på jobbet hela dagarna, det kommer se så formellt ut."

"Men det här känns formellt. Vi klär ju upp oss..."

"Okej, ta skjortan, men den mörkblå slipsen och den stålblå pullovern. Känns det bättre?"

"Ja, okej. Men sen hinner jag inte byta igen. Dom är här snart."

"Det blir bra, skynda dig nu."

Hon lade undan sminkgrejerna och fixade till håret en sista gång. När hon såg sig i spegeln utan tid till att vara självkritisk tyckte hon att hon inte såg ut att vara en dag över trettio.

Den korta dialogen med Karl hade lyckats bryta hennes grubblande över mötet med Tommy och nu när gästerna skulle anlända vilken minut som helst hade hon inte tid att tänka på det längre.

Hon sprang ut i köket och tittade till maten. Allt var i stort sett färdigt och hon hade förberett en liten välkomstdrink. Bordet var dukat och allt var perfekt.

"Jessica, är du färdig", ropade hon mot dotterns stängda dörr utan att få något svar.

Medan hon tog på sig sina inneskor knackade hon på dörren och ropade igen.

"Skynda dig nu, Jessi, dom är här när som helst. Kom ut nu."

Gabriella kollade sina örhängen igen och väntade på svar.

"Men Jessica, kom ut nu. Jag vill att du är här ute och säger välkommen när de kommer."

Då låstes dörren upp och Jessica öppnade den.

"Men tänk om inte jag vill då", sa hon tomt.

Gabriella såg direkt att Jessica mådde sämre än vanligt.

"Hur är det, har du inte sovit inatt igen?"

"Jag sov en timme tror jag. Vaknade och kunde inte röra mig, igen. Det var något i rummet igen. Det var på riktigt, jag är säker på det. Jag såg det där äckliga ansiktet. Det var inte bara som jag drömde."

"Ja... men vi får prata mer om det här sen, vi hinner inte just nu."

"Nej, jag vet. Vi tar det sen."

"Orkar du med middagen?"

"Nej, men jag gör det ändå."

"Du behöver inte om du inte orkar."

"Men jag vet hur viktigt det är för dig. Jag kan låtsas att jag mår bra. För din skull."

"Du behöver inte."

"Men jag gör det ändå."

"Älskade unge", sa Gabriella och kramade henne. "Jag lovar att gottgöra dig sen."

Deras blickar möttes och de gav varandra styrka att uthärda det som behövde uthärdas. Ibland måste man göra saker man inte vill för att glädja någon man bryr sig om.

11

Att Jessica hade blivit så intelligent och vacker var fantastiskt med tanke på vem hennes far hade visat sig vara, tänkte Gabriella när hon såg sin dotter sitta vid middagsbordet och viska med sin bästa kompis Veronica. Snett till höger om de båda flickorna satt Veronicas föräldrar, Björn och Anneli, och mitt emot dem satt Gabriella och Karl.

Gabriella såg för ett ögonblick sig själv sitta där istället för Jessica och önskade att hon fick börja om, att hon kunde få vara den unga flickan istället. Att hon viskade till sin kompis om hur korkade de vuxna var som satt och låtsades att allt var som det skulle, att det var en trevlig kväll, när allt egentligen bara var meningslöst.

Hon saknade att vara ung och fri, saknade återigen sina gamla vänner. Varför hade hon egentligen förlorat dem till att börja med? De som varit så nära, som en liten familj, som syskon. Sedan var de plötsligt borta och hon var ensam, förutom Henrik då. Men hon behövde kvinnor runt sig. Nu måste hon verkligen söka upp de andra och återknyta kontakten. De kunde kanske bli som det där intima gänget hon alltid såg på film och teve och längtade efter.

Återigen insåg hon hur mycket hon saknade gemenskap, att kunna prata med likasinnade, att föra intelligenta diskussioner, att få dela intressanta insikter och kunna debattera med någon som inte blir arg eller besviken om åsikterna skiljer sig åt. Framförallt saknade hon någon att dela förtroenden med, någon att prata intimt med och dela tankar och känslor med.

Ungefär som Jessica och Veronica, tänkte hon och skämdes för att hon satt och var avundsjuk på sin dotter. Hon unnade henne verkligen att ha en så nära vän, någon att alltid kunna lita på. Om bara Gabriella själv också kunde ha haft det. Hon ville också ha en vän som berättade om sina problem och bad om råd, så hon kunde få känna sig inkluderad och uppskattad istället för alldeles ensam.

Men om nu allt bara gick vägen under kvällen skulle hon kunna börja med kunna uppgradera de två middagsgästerna från bekanta till vänner. De hade som sagt träffats några gånger tidigare eftersom deras döttrar gick i samma klass och dessutom var bästa vänner. Senast var på fikat vid föräldramötet inför klassresan i våras, då de fyra hade suttit vid samma bord.

Björn var mörkhårig och hade ett välansat skägg. Han jobbade med någon sorts avancerad programutveckling. Det var allt Gabriella hade snappat upp av vad han berättat om sitt arbete. Anneli, som tydligen var bibliotekarie, hade ägnat första timmen av besöket åt att berätta om att hon hade färgat håret mörkt bronsrött inför kvällen och hur nöjd hon var, hur bra det blivit och vad hennes frisör hade pratat om. Båda gästerna var i fyrtioårsåldern och satt artigt korrekta och belevade vid middagsbordet i det stora vardagsrummet.

Bredvid Gabriella satt Karl och hade sitt speciella ansikte på sig. Han var duktig på att se ut som om han trivdes och var glad, det tillhörde väl hans yrke som mäklare. Men hon hade lärt sig att känna igen det. Hon visste att det nu med hans nya projekt var ännu mer press och prestige på jobbet och den pressen rann alltmer över på deras förhållande. Ibland vaknade han dessutom ur svåra mardrömmar och vägrade berätta vad de handlat om. Men hon visste ändå. Han pratade ganska ofta i sömnen.

Hon längtade efter vad hon snart skulle göra för honom. Det som skulle ställa allt tillrätta. Få dem att hitta tillbaka till vad de hade i början, när de var nygifta. Hon hade varit så lycklig då. Nu ville hon återfinna de fladdrande magfjärilarna som försvunnit. Var det fortfarande möjligt eller hade de fångats av någon amorentomolog som trätt upp dem på långa rader av nålar? Var det därför hon så ofta hade ont i magen?

Hade Karl det falska ansiktet på sig för att han var obekväm eller hade han ångrat sig angående hela kvällen? Skulle hon kanske försöka lugna honom och hälla upp vinet fortare så det tog slut och gästerna kunde gå hem någon gång?

Vad viskade Jessica och Veronica egentligen om? De såg så allvarliga ut där de satt, inte som fnittriga femtonåringar brukar. Herregud, femton år, redan. Hon är ju snart vuxen. Gabriella slutade lyssna på konversationen mellan Karl och Anneli och försvann i sina tankar.

Höll hon på att missa något viktigt? Skymde hennes tomhetskänslor vad som pågick runt henne? Hade Jessica det bra i skolan? Betygen var bra i alla fall. Men det var som om Gabriella kände på sig att det inte bara var hennes eget liv som hade krånglat till sig. Så fort hon fick tillfälle skulle hon försöka prata med Jessica, så som hon brukade göra förut när hon inte var helt upptagen med sig själv.

Hon insåg då att hon aldrig hade gett något svar till läraren som hade ringt dagen innan. Hon hade tänkt titta i kalendern när hon kom till jobbet, men hade sedan helt enkelt glömt bort det. Hon hade varit så upptagen med sig själv att hon glömt bort att ta hand om sin dotter. Igen.

Tanken kom så tvärt att hon drog hårt efter andan. Anneli tittade på henne och Gabriella låtsades hosta till för att hon skulle titta bort igen.

Björn och Karl höll konversationen vid bordet igång, medan Anneli sköt in några repliker ibland. De båda gästerna berättade gärna om sin son Elias, Veronicas lillebror, som minsann var begåvad solist i ungdomskören. Han var just nu i kyrkan och övade inför den stora avslutningskonserten innan sommaruppehållet och därför kunde han inte kunde vara med här ikväll.

Jessica och Veronica petade i maten och såg obekväma ut. Gabriella satt ganska tyst. Hon ville konversera men det var som om hon glömt hur man gör. Karl kallpratade däremot skickligt, men det han sade var egentligen oväsentligt.

Det var som om de alla satt och spelade ett spel för varandra.

Lördagskväll hos den dysfunktionella familjen Reimann, tänkte Gabriella och lyckades småle för sig själv samtidigt som de andra tre vuxna skrattade till åt något skämt Björn slängt ur sig.

Jessica och Veronica tog tillfället i akt och reste sig upp.

"Kan vi gå in på mitt rum", sa Jessica mer som ett påstående än en fråga.

"Gör det ni tjejer", svarade Gabriella. "Jag ropar när jag tar fram glassen."

"Tack så mycket för maten", sa Veronica och neg mot Gabriella. "Det var väldigt gott."

"Varsågod, det var så lite så", svarade hon med ett uppriktigt leende, förvånad av den unga flickans oväntade artighet.

Flickorna försvann iväg och Karl hällde upp mer vin. Kvällen skulle tydligen inte sluta än. Något kändes fel inom Gabriella. Det var något fel med hela situationen vid bordet. På något sätt kändes det som om hon inte hörde hemma där hon satt. Det var som om hon borde ha suttit någon annanstans, med andra människor runt sig. Hon kände sig på något sätt falsk och tillgjord. Som om hon egentligen var någon annan som bara låtsades vara Gabriella.

"Vad blir det för glass", frågade Anneli.

"Hemmagjord", svarade Gabriella så glatt hon kunde. "Färska råvaror, ägg från en privat hönsgård, och päronlikör!"

"Det låter gott", sa Björn.

"Men ska flickorna äta det också", sa Anneli bekymrat. "Jag tänkte på likören..."

"Det är ingen fara, det är så lite", sa Gabriella.

"Jaha", sa Anneli tveksamt. "För en gångs skull kanske. Men Veronica är ju bara femton år."

"Tror du det är farligt för dom", sa Gabriella bitskt och försökte bara till hälften dölja att hon blivit irriterad över att få sitt omdöme som mamma ifrågasatt.

"Nejdå, jag tänkte mig inte för bara." Anneli hamnade i försvarsställning så fort hon hörde Gabriellas tonfall. "Men vi tillåter inte alkohol hemma."

"Men ni har ju druckit vin till maten nu", sa Karl frågande.

"Ja, vin ja, det är annorlunda", sa Björn och kliade sig i sitt korta skägg. "Och vi är ju vuxna. Flickorna är ju bara barn."

"Dom är mer vuxna än du tror", sa Gabriella.

"Det tycker dom nog i alla fall själva", sa Björn och försökte skratta bort det hela.

"Hur menar du då", undrade Gabriella irriterat.

"Vi glömmer det nu", sa Björn besvärat. "Det är klart flickorna ska ha glass."

"Ja, det är klart dom ska", sa Gabriella och kämpade för att hålla humöret under kontroll.

Anneli hade insett sitt misstag och undvek att se på Gabriella. Karl såg ut genom fönstret och den sista glimten av glädje i hans ögon ersattes av en trött blick som tycktes försvinna någonstans i fjärran när han lutade sig bakåt i stolen för några sekunder.

Björn försökte byta samtalsämne och fick hjälp av sin fru. Karl dolde sin besvikna min och lutade sig tillbaka in i den återigen artiga konversationen. Gabriella satt tyst och stirrade på Anneli medan de tre andra fortsatte det ytliga pratandet. Inombords var hon så upprörd att hon till slut inte kunde sitta still.

"Jag går ut i köket och ordnar lite", mumlade hon och strök en hand över Karls axel medan hon gick.

Ute i köket tog hon fram två snapsglas och ställde på köksbordet. Sedan stod hon några sekunder vid diskbänken och försökte massera sina nackmuskler utan större framgång. Hon var så spänd och hård i musklerna att det nästan gjorde ont.

Sedan tog hon med glasen och flaskan med päronlikör och ställde sig utanför Jessicas dörr. Hon stannade upp några sekunder och lyssnade.

Inifrån rummet hördes musik på ganska hög volym. Först kände hon sig besviken över att inte höra vad de pratade om därinne, sedan skämdes hon över att hon försökte spionera. Innan hon hann ångra sig knackade hon snabbt på dörren.

"Vänta", hörde hon Jessica ropa och musiken dämpades efter några sekunder. "Okej, kom in."

Utan att säga något gick Gabriella in och ställde glasen på skrivbordet i det ovanligt välstädade flickrummet. Jessica satt i sängen medan Veronica satt på en stor kudde på golvet. En stängd men påslagen laptop låg på stolen intill dem och bredvid Jessica låg hennes systemkamera fortfarande påslagen.

Flickorna såg tyst och förvånat på medan Gabriella

utan ett ord till förklaring hällde upp likören.

"Säg inget till dina föräldrar bara", sa Gabriella och tittade på Veronica när hon räckte dem varsitt glas.

"Nejdå", svarade hon kort.

"Ni är vuxna nog att smaka lite", sa Gabriella och la en hand på Jessicas axel. "Eller hur?"

"Ja, det är vi", svarade Jessica och utväxlade ett ordlöst samförstånd med sin mor.

"Ibland måste man bryta mot reglerna för att leva", sa Gabriella lågt, nästan som om hon pratade med sig själv.

"Jag förstår vad du menar", sa Veronica plötsligt och tittade på glasen.

"Men det är inte lättare att vara vuxen", sa Gabriella.

"Det verkar inte så", sa Veronica. "Fast mina föräldrar sitter därute och försöker lura i dig, Karl och sig själva motsatsen."

"Dom lyckas inte så bra, va?", sa Jessica.

"Nej, det är nåt", svarade Gabriella. "Dom är så normala, det liksom för tillgjort. Dom fullkomligt skriker ut att något inte stämmer därhemma. Vill du berätta vad", frågade hon Veronica.

"Nej tyvärr", svarade hon, "det kan jag inte."

"Okej", sa Gabriella. "Men om du behöver prata med någon, om det är något, så kan du komma till mig."

"Tack det var snällt", svarade Veronica. "Det är ingen fara, men om det behövs ska jag komma ihåg det."

"Bra. Okej. Då ska jag inte störa er längre tjejer, ni ska få vara ifred", sa Gabriella och plockade upp flaskan.

"Tack mamma, du är bäst", sa Jessica och för en stund fick de den där nära och kärleksfulla kontakten som saknats mellan dem på sistone. Trots all oro och alla problem de båda kämpade med så älskade de ändå varandra över allt annat. Allt detta förmedlades på några sekunders ögonkontakt.

"Varsågod", sa Gabriella och lämnade rummet, för tillfället på bättre humör.

Hon ställde tillbaka likörflaskan i köket och återvände till middagsbordet med en ny vinflaska och en halvhjärtad förhoppning om att kvällen kanske gick att rädda ändå.

"Titta", utbrast Björn lätt salongsberusad när han såg flaskan. "Påfyllning, precis i rättan tid!"

Intill honom satt Anneli och gav honom en irriterad blick, som han antingen inte såg eller helt enkelt ignorerade, medan vinet porlade ner i glaset. Var det en spricka i deras annars så putsade fasad som anades? Kanske Gabriella egentligen inte ville rädda kvällen. Kanske ville hon göra tvärt om.

Hon funderade redan på om de inte hade en vodkaflaska i skafferiet också.

12

"Jag ville att dom skulle bli fulla och skämma ut sig. Jag kan inte förklara varför. Jag blev bara så arg när hon sa det där om glassen. Som om hon ifrågasatte att jag kan ta ansvar för Jessica. Som om jag inte skulle bry mig om henne."

Gabriella stod halvt avklädd vid sängen medan Karl redan hade lagt sig under täcket. Hon var återigen upprörd över gästernas beteende och han var trött av vinet.

"Det var som om hon tyckte hon var en bättre mamma", fortsatte hon irriterat.

"Men glöm det nu", mumlade Karl från sängen.

"Det är så provocerande bara."

"Skit i det, vi behöver inte bjuda dom mer."

"Jag som hade hoppats på att vi skulle få nya vänner, att vi skulle ha en trevlig kväll."

"Ibland blir det inte som man tänkt sig."

"Nä, tydligen inte. Det finns alltså en anledning att jag är helt ensam. Ingen kan komma överens med mig. Varför skulle nån vilja bli min vän? Och stackars Veronica, med såna föräldrar. Kan inte vara lätt."

"Hon har det nog bra", sa Karl och ignorerade Gabriellas martyrskap.

"Vet du, jag tror dom är religiösa också. Dom sa inget, men jag fick den känslan, dom var så fixerade vid regler. Som om dom följde nån sorts protokoll. Alldeles stela och artiga hela tiden. Det var nästan nåt perverst bakom masken på dom. Dom måste fan vara religiösa!"

"Vad spelar det för roll?"

"Men då blir det ju ännu värre! Då tror dom att dom är bättre än vi andra är!"

Karl svarade inte utan vände sig bort under täcket.

"Vad tyckte du då", fortsatte Gabriella.

"Om vad då?"

"Hade du trevligt ikväll?"

"Så trevligt som jag hade förväntat mig."

"Vad innebär det då?"

"Tja, jag vet inte. Småprat om oväsentligheter."

"Var det inte det du ville ha då? Annars hade jag lika gärna kunnat ha haft en lugn hemmakväll och pratat med Jessica istället."

"Det blev bra som det blev. Och dom tyckte ju om både maten och efterrätten."

"Så bra då. Det kom hit några som tyckte om vår mat. Jättekul. Ända tills Anneli spottade in sin jävla kommentar."

"Det var en skitsak. Glöm det nu säger jag."

"Lätt för dig att säga! Det var ju inte du som blev ifrågasatt..."

Gabriella lyckades hejda sig. Ifrågasatt som förälder hade hon tänkt säga innan hon insåg att det i sin tur skulle kunna såra Karl som inte hade något eget barn.

Om allt bara kunde bli klart. Då skulle hon inte behöva hålla något hemligt längre. Då skulle Karl vara glad. Det skulle göra henne glad.

Hon önskade att hon ville älska med honom. Hon älskade honom i tankarna, men hennes kropp var tom och ointresserad av mer. Hon visste hur bra de brukade ha det i sängen när allt var som det skulle mellan dem. Hon längtade efter att längta.

Snart, snart.

"...ifrågasatt av en kristen jävla fitta", avslutade hon meningen bittert. "Ful i håret var hon också."

"Hur mycket vin drack du egentligen", frågade Karl utan att låta som om han egentligen ville veta.

"Två glas. Två eller kanske fyra jävla glas, resten gjorde dom slut på."

"Men det var väl inte så konstigt när du hällde upp

nytt hela tiden åt dom."

"Jag ville ju bara att dom skulle bli fulla och tappa ansiktet. Dom kan inte vara så jävla perfekta bakom masken. Dom är också lika fula och svarta inombords. Jag ville att dom skulle göra bort sig."

"Du sa det ja."

"Jag ville ta loss deras ansikten, deras jävla masker."

"Dom satt visst hårt."

"Dom satt jävligt hårt. Jag vill försöka igen."

"Hur då?"

"Såg du inte hur Björn tittade på mig?"

"Gjorde han?"

"Ja, han kommer då i alla fall inte tänka på sin fru när han sätter på henne ikväll. Vet du, jag skulle vilja få honom att vara otrogen."

"Vafan", sa Karl och vände sig mot henne. "Vad säger du?"

"Då skulle vi få se deras rätta ansikten. Då skulle vi se att det inte bara är jag som är äcklig inuti. Synd att hans fru är så himla ful, annars hade du kunnat försöka med henne. Ta med henne till nåt tomt visningshus och trycka ner henne på golvet."

Karl satte sig upp och tittade på henne. Försökte se om hon menade allvar eller om hon skämtade. Oroligt såg han henne vanka fram och tillbaka vid fönstret.

"Men Bella, vad menar du? Menar du allvar?"

Hon stannade upp och såg på honom med något förvånat i blicken.

"Jag vet inte. Jag ville göra dom illa på nåt sätt."

"Varför då?"

"Jag vet inte. Jag sveptes med på nåt sätt. Ville inte du också det? Jag tänkte att du borde skära loss deras ansikten på nåt sätt. Tycker du jag är konstig?"

"Just nu är du det."

"Är jag ond?"

"Om du är ond?"

"Ja, tycker du jag är ond?"

"Nej, du är inte ond, men du beter dig väldigt konstigt. Kom och lägg dig nu istället."

"Jag känner mig ond."

"Gör inte det."

"Jag är smutsig. Äcklig."

"Duscha då."

"Kan du inte knulla mig?"

"Vill du det?"

"Nej."

"Varför ska jag göra det då?"

"För att du vill det."

"Inte om inte du vill."

"Jag har inte mens längre så vi kan försöka göra barn igen."

"Inte ikväll."

"Vill du inte längre?"

"Jo, men jag orkar fan inte mer ikväll!"

Karl skrek de sista orden och drog sedan demonstrativt täcket över huvudet.

Gabriella tryckte samtidigt händerna mot sitt eget huvud som om hon försökte motverka ett starkt tryck därinne.

Utan ett ljud gick hon sedan in till badrummet.

Med uttryckslöst ansikte tog hon upp sin necessär ur skåpet och letade fram en oöppnad förpackning med en annan spruta än den hon använde på fredagen. Hon gjorde i ordning den och injicerade den i sidan av magen.

När hon kom ut låtsades Karl sova, men hon hörde på hans andning att han var vaken.

Hon lade sig på sin sida och låtsades också.

Karl somnade efter en halvtimme. Själv låg hon vaken, timme efter timme, stilla som om hon sov.

Nu var det inte långt kvar.

Tredje delen

13

På måndagsmorgonen hade Gabriella varit vaken länge innan väckarklockans alarm startade. Hennes tankar virvlade runt i huvudet, men det var som om någon annan tänkte dem åt henne. Det var som om hon hade tagit ett steg tillbaka och släppte kroppens automatiserade processer fria. Det var inte längre medvetandet som styrde.

Nu var det dags. Nu fanns det ingen återvändo.

Tack och lov hade lördagskvällens irriterade friktion försvunnit och hon hade för ovanlighets skull kunnat slappna av tillsammans med sin make hela söndagen. Hon hade gjort allt för att göra honom på gott humör. Annars hade kanske hennes plan varit omöjlig att genomföra.

"Karl", hörde hon sig själv ropa. Hon kände tungan röra sig i munnen, men det var inte hennes tunga. Hon kände fingrarna glida neråt över magen, men det var inte hennes fingrar hon kände. Och det var inte längre hennes mage fingrarna kände. Det var som om någon annan lånade hennes kropp. Förmodligen kunde hon inte låta det ske på något annat sätt.

"Karl, kan du inte komma hit en stund", ropade hon igen.

"Vad är det", ropade han från köket. Förmodligen satt han över sin tidning och åt sin frukost. Precis som vanligt. Det var som om hon såg honom framför sig. Inte bara som en inre bild, det var som hon faktiskt såg honom sitta där, som om hjärnan på något sätt fick synintryck från köket.

"Kan du hjälpa mig lite är du snäll?"

Det klirrade i besticken och stolen gnisslade mot golvet när han reste sig upp. Han rättade till slipsen och kom in i sovrummet.

Han var klädd exakt så som hon hade sett honom i sitt huvud innan hon nu såg honom med sina ögon. Det förvånade henne inte ens.

"Vad är det", frågade Karl.

Gabriella svarade med att dra efter andan och sedan vrida sig lite mellan lakanen medan hon hummade belåtet, som om hon låg väldigt skönt i sängen.

"Kom lite", sa hon sen.

Karl kom fram och satte sig på sängkanten bredvid henne.

"Klia mig på ryggen", sa hon och vred sig på mage.

"Jag måste snart åka till jobbet", sa Karl.

Då drog Gabriella undan täcket från ryggen och Karl såg att hon låg där helt naken.

"Bara en liten stund", sa hon med ett behagligt ljud. "Det går fort."

Karl log och började klia henne längs ryggraden. Gabriella nästan spann av vällust.

"Längre ner", sa hon och sparkade av sig resten av täcket.

Hon visste att Karl var ganska pryd. Hade hon legat på rygg hade han blivit generad och inte velat komma närmare. Hon visste också att han inte kunde motstå hennes stjärt.

Han kliade henne längre och längre ner. Sedan slutade han klia och smekte istället längs ena skinkans behagligt rundade nederkant.

Hon suckade belåtet och kände hur han klämde åt hårdare. Omedvetet särade hon en aning på benen och Karl böjde sig fram och kysste henne på skuldran. Då drog hon undan håret och blottade nacken.

Karl ändrade ställning och medan han kysste hennes nacke slickade slipsen hennes rygg som en kall extra tunga.

Utan att släppa hennes stjärt knäppte han upp sina byxor och det hördes på hans andning att han hade tänt snabbt. Det här skulle gå fort förstod Gabriella. Hon som hade gruvat sig så länge.

Nu var det bara en fråga om tajming.

Inget fick gå snett. Det här var enda chansen.

Spela med nu, och var uppmärksam.

Hon tajmade sitt *aaah* perfekt när Karl la sig ovanpå henne och trängde in bakifrån.

Han måste vara nära innan hon säger något. Då kommer han inte ifrågasätta något. Då kommer han gå med på vad som helst.

Stödd på en armbåge trädde han in den andra handen under henne för att komma åt brösten.

Fastän Karls kropp var smalare och kortare kändes han tyngre än vad Erik med sin bättre kroppskontroll hade gjort, tänkte hon.

Det var många saker som skiljde dem åt.

Karls kön var längre, men Eriks hade å andra sidan sett mer estetiskt tilltalande ut.

Erik hade också haft en helt annan rytm, mer lugn och beslutsam än Karls ibland hetsiga stötande.

Erik hade gjort henne kåt varenda gång.

Plötsligt spärrade Gabriella upp ögonen och såg nästan rädd ut.

Varför tänkte hon på Erik?

Hon hade aldrig tänkt på honom förut när hon var med Karl. Hon hade inte tänkt på Erik överhuvudtaget på många år. Han var ute ur hennes liv och hon hade ingen lust att släppa in honom igen.

Desperat försökte hon slappna av och hoppades att Karl inte hade märkt hur hon stelnat till. Hon var glad att hon hade ansiktet bortvänt, för hon hade aldrig kunnat fortsätta låtsas om Karl hade sett hennes skärrade min.

Flåsandet i hennes nacke visade dock inga tecken på att avta. Snarare tvärt om. Hon var inte avslöjad.

Erik. Hon kände hur hon plötsligt blev allt fuktigare medan hon kämpade för att få bort honom ur sina tankar. Ibland hade det räckt med en blick...

Skräckslaget insåg hon att tanken på honom hetsade upp henne. Vad var det för fel på henne? Hur kunde tanken på någon som honom hetsa upp henne? Hatade hon honom inte? Hade han inte hotat att skada henne och Jessica?

Och hade han inte hans kön passat perfekt i hennes?

Hon höll plötsligt på att få panik. Karl låg stönande över henne och tryckte ner henne så att hon kände sig klaustrofobiskt fångad.

Men samtidigt tyckte hon om det.

"Håller du på att komma", viskade Karl i hennes öra.

"Vad...", väste hon förvånat.

"Du är så våt, jag känner hur det rinner", sa han oväntat oblygt.

Nu var det dags. Nu var Karls hämningar som mest uppluckrade. Det var nu hon skulle försöka. Nu eller aldrig.

Enda chansen.

"Ja, du gör mig så kåt", sa hon och hejdade hans stötar. Hon tryckte ut honom och vände sig om och såg på honom där han nu låg bredvid henne. Byxorna runt anklarna och skjortan uppdragen över magen. Lemmen hård och glansig. Hon hade inte insett hur fuktig hon faktiskt var.

"Jag vill prova en sak", sa hon och hade nu fått kontroll över sitt ansikte igen.

Innan Karl hann invända hade hon lossat och dragit av honom slipsen. Han såg skeptisk ut då hon gränslade honom och han gjorde en halvhjärtad ansats att protestera. Hon hyssjade åt honom och distraherade honom genom att gnida sig mot honom.

Medan hon knöt slipsen över hans ögon låtsades hon stöna av njutning. Allt för att han skulle göra som hon ville.

"Jag älskar dig Karl", viskade hon intill hans öra när hon var klar och hon kände hur hennes ord fick hans kön att ryckande knacka mot hennes mage.

Nästan där. Snart är det över.

"Jag kommer snart", viskade Karl, "knulla mig nu!"

Gabriella svarade med att glida ner över hans kropp med tungan. Ner till skrevet och den kladdiga lemmen som pulserade framför henne.

"Vad gör du", frågade Karl.

"Provar något nytt", sa hon och tog honom i munnen. Det var första gången de gjorde det. Karl var för självmedveten för att bli betraktad så nära och hon hade inte ens velat prova.

Det äcklade henne. Blotta tanken på det svullna varma köttet som invaderade henne. Det var vulgärt och obehagligt. Det gjorde henne illamående.

En gång nu, bara en gång skulle hon göra det, men aldrig mer.

Hon kände hur hon fick panik, kunde knappt andas och hjärtat pumpade kroppen full med adrenalin. Hon var definitivt inte upphetsad längre. Hon kände plötsligt hur hela kroppen blev iskall.

Hon ville kasta sig bakåt och klösa ut sin tunga, slita bort det obscena köttet som bara tycktes svälla och svälla i henne.

Karls grymtningar lät som ett brölande djur och allt var så smutsigt runt henne. Sängkläderna kändes äckligt otvättade, den juckande kroppen framför henne var som en enda stor och svettig, spasmiskt ryckande muskel och hon kände sig skamset blottad och betraktad.

Hennes mage knöt sig som i kramp och hon var tvungen att blunda hårt för att inte börja gråta.

Snart, snart.

Och plötsligt var det som om det var ex-maken som låg där. Det var som om Erik låg där framför henne.

Hon ryggade tillbaka och flämtade andfått.

"Nej sluta inte!", manade en mansröst sammanbitet. "Fortsätt!"

Så hon fortsatte. Mer intensivt än förut.

Var det verkligen Eriks röst hon hört?

Hon vågade inte titta.

Hon kunde verkligen inte sluta nu, då skulle allt vara förgäves.

Känslan av att det var Erik blev bara starkare. Och det öppnade något inom henne, hon kände värmen återvända i kroppen. Hon kände hur en våg sköljde över henne, och det var som om den spolade bort skräcken.

Hon kände glädjen återvända.

Hennes fingrar hittade tillbaka och hon kände ett plötsligt begär.

Då hörde hon på mannens ljud att hon inte hade tid för sig själv.

Det var nu det gällde.

Med ena handen masserade hon häftigt medan hon böjde sig ner och tog upp det hon hade förberett under sängen.

Sedan slickade hon på toppen av hans kön och skrapade lite med tänderna. Hon hade många gånger i tanken gått igenom hur hon skulle göra för att han inte skulle märka något.

Sög lite igen, nafsade en gång till. Lät honom känna de hårda tänderna.

"Jag kommer", flämtade Karl.

"I munnen", sa Gabriella och höll den lilla plastburken framför hans kön medan hon böjde sig fram och höll fast honom.

Karl skakade hårt under henne och kved sammanbitet medan han pumpade sperma i burken.

Nu är det nästan klart, tänkte hon och såg distanserat, som på långt avstånd, hur burken fylldes. Herregud, nästan klart.

Så fort hans orgasm började ebba ut tryckte hon locket på burken och slängde den under sängen. Sedan förde hon munnen över honom igen.

Alla muskler i underlivet knöts och det svartnade för ögonen på henne när hon kände smaken.

Den smaken hade hon inte känt sedan...

Hon ryckte till.

Karl satt framför henne, röd i ansiktet och såg orolig ut.

"Vad hände", frågade han oroligt.

"Inget, vad?"

"Svimmade du?"

"Nej... Nejdå!"

"Jag trodde du svimmade!"

"Jag... Jag kom."

"Kom du?"

"Ja, hårt, jag tappade visst kontrollen lite."

Karls ansikte mjuknade och plötsligt log han. Han såg plötsligt lycklig ut.

"Åh. Jag också. Så hårt!"

"Ja."

"Jag älskar dig Gabriella", sa han och smekte hennes kind.

Hon fick tårar i ögonen och kysste honom. Hon grät och kysste honom. Kramade honom. Tryckte sig hårt intill honom.

"Gråter du", frågade han.

"Jag är så lycklig."

Hon hade klarat det.

Nu skulle allt ordna sig.

Snart skulle allt vara som det skulle.

"Jag är så lycklig", snyftade hon in i Karls nacke.

Nu skulle hon ställa allt tillrätta.

14

Efter att ha kastat på sig kläderna och letat fram burken under sängen skyllde Gabriella på att hon var sen till jobbet och åkte snabbt hemifrån.

Men istället för att åka till jobbet körde hon så fort hon kunde till privatkliniken och lämnade burken direkt till sköterskan som tog emot henne. Sedan kunde hon försöka slappna av.

Hon hade grubblat länge på hur hon skulle kunna leverera Karls bidrag utan att han visste om något. Eftersom det kändes alltför osäkert att förvara något i frysen, risken fanns att någon hittade det, var det nödvändigt att det var färskt. Så hur motbjudande hon än tyckte det var, hade morgonens procedur varit nödvändig.

Hon försökte att inte tänka på det mer.

Nu kändes allt helt overkligt. Alla månader av planering och oro. Nu var det på väg att hända.

Gabriella hann knappt sätta sig ner och bläddra i en tidning, som hon ändå inte kunde koncentrera sig nog för att läsa orden i, förrän sköterskan kom tillbaka och log.

"Nu är det dags", sa hon. "Följ med mig så ska vi börja förbereda."

"Okej", svarade Gabriella och reste sig upp. Det snurrade i huvudet och hon höll på att snubbla när hon reste sig.

"Ojdå", sa sköterskan. "Är du lite nervös?"

"Nejdå", ljög Gabriella. Hon hade fokuserat så mycket på hur hon skulle lösa Karls donation att hon inte hunnit oroa sig för äggplockningen. Nu insåg hon att det var hennes tur och återigen hade hon börjat förlora all kontroll över sina tankar.

"Det är ingen fara, man får vara lite nervös."

Sköterskan ledde Gabriella till ett litet rum med en säng, en garderob och ett litet bord.

"Här är ditt rum idag", sa sköterskan. "Här får du byta om nu och hit får du komma tillbaka och vila så länge du vill när vi är klara."

"Okej", svarade Gabriella. "Kan jag låsa in mina saker?"

"Det behövs inte, vi ser till att ingen annan än du kommer in här."

"Okej."

Sköterskan pekade på en liten bricka med två tabletter och ett vattenglas.

"Då börjar vi med att ta en Alvedon och en Citodon."

"Okej", svarade Gabriella och svalde tabletterna med några klunkar vatten.

"Vill du att vi går igenom vad vi ska göra igen, så du känner dig bekväm med vad som händer?"

"Nej, det har vi ju redan pratat om så många gånger."

"Ja, då hoppar vi över det. Du är visst ivrig att komma igång."

"Ja, det här är ju inte direkt den roligaste biten om man säger så."

"Det kommer att gå så bra så, jag tror du kommer vara jätteduktig."

"Jag ska göra mitt bästa."

"Det tror jag säkert. Då så, då kommer jag tillbaka om några minuter. Till dess vill jag att du tar av dig dina kläder, inklusive trosorna. Du kan behålla behån på om du vill. Sen tar du på dig strumporna och rocken jag lagt fram på sängen."

"Okej", svarade Gabriella och började nästan automatiskt ta av sig kläderna innan sköterskan hunnit lämna rummet.

Hon hängde in sina kläder i garderoben och drog sedan på sig sjukhusstrumporna som räckte henne upp över knäna. Som tur var fanns ingen spegel i rummet. Nakenhet i sig hade hon, till skillnad från Karl, inget problem med. Men nu kände hon sig ynklig och sårbar. Det var en påtvingad nakenhet som blottade henne när hon kände sig som mest utsatt.

Som tur var kände hon sig trygg med sin gynekolog Denise Bryson. Gabriella hade gått hos henne sedan långt innan hon födde Jessica och det var tack vare henne allt det här ens var möjligt att genomföra även rent administrativt utan att Karl visste något. Hade de inte varit vänner hade hon inte varit här nu. Denise hade till och med lovat att assistera under proceduren och finnas där som stöd trots att det egentligen inte var hennes uppgift.

När Gabriella vecklade ut rocken för att ta på den kände hon hur hon förlorade all kraft i benen och sjönk ihop på golvet.

Upp ur tomheten bubblade tvivlet. Vad var det hon höll på med? Det var ju sinnessjukt det här. Varför hade hon inte bara kunnat berätta för Karl? Var det någon mening med alltihop? Varför skulle hon göra det här egentligen?

Sedan lugnade hon ner sig och hävde sig upp på sängen.

Hon försökte intala sig att det var operationen hon var rädd för. Trots att hon visste hur det gick till var hon mer rädd än hon själv ville medge. De skulle sticka nålar långt in i hennes kropp, hennes äggblåsor skulle punkteras, de skulle penetrera det mest kvinnliga i henne.

De skulle plocka ut hennes blivande barn med vassa kirurgiska instrument. Hennes barn skulle vara ute i världen en stund innan det återvände in i hennes blöta mörker för att växa.

Plötsligt insåg hon att barnet inte skulle bli till i en varm, kärleksfullt omslutande orgasm. Det skulle avlas av kalla maskiner i stål och glas, koncipierat ur sin moders skräck.

Allt var kanske meningslöst i alla fall.

Sakta och uttryckslöst drog hon på sig den vita rocken och satt sedan stilla på sängen och väntade.

När hon hörde sköterskan utanför dörren drog hon snabbt på sig ett falskt ansikte. Hon hade lärt sig av Karl hur man gör för att se ut som om man mår bra när man egentligen inte gör det.

"Sådärja", sa sköterskan när hon kom in. "Nu ser du lite lugnare ut. Vi har tittat på din makes prov och det ser jättebra ut. Så nu är det bara din insats kvar."

"Jag är beredd."

"Det var bra det. Då ska vi bara sätta en nål i armen först."

Gabriella försökte minnas om det var morfin eller valium hon skulle få. Kanske var det båda?

Sköterskan satte nålen i vänsterarmen och fäste den med sårtejp.

"Känns det bra", frågade hon sedan.

"Jodå, det fungerar."

"Fint. Då återstår bara för dig att tömma blåsan ordentligt så sätter vi igång sen."

"Okej, men jag är inte nödig."

"Sätt dig och försök slappna av så har du säkert några droppar du kan klämma ur dig", sa sköterskan vänligt och öppnade dörren till den lilla toaletten. "Kom ut i korridoren när du är klar så följer jag med dig till OP-rummet sen."

"Okej", sa Gabriella igen, som om hon inte hade något annat ord att svara med.

Hon låste toadörren och torkade av ringen med lite papper innan hon satte sig ner.

Sista chansen att ångra sig nu, tänkte hon och suckade djupt för att få de krampaktigt spända musklerna i underlivet att slappna av.

"Nej", viskade hon knappt hörbart för sig själv. "Jag vill göra det här. Jag vill."

Trots det där hon en gång hade gjort så skulle hon snart kunna få ett barn med Karl. Nu skulle hon slippa ljuga. Inga lögner skulle stå mellan dem längre.

När barnet kommer blir allt bra igen, tänkte hon och lyckades klämma fram en tunn stråle ner i den skvalande porslinsskålen.

15

Trots att promenaden i korridoren från Gabriellas rum till operationssalen var så kort hann hon få en känsla av motvilja mot platsen de var på väg mot. Som om promenaden innebar annalkande undergång.

Det var som om hon fördes till sin avrättning.

Hon fick en känsla av att hon skulle dö. Att nålarna som skulle ta ut äggen istället skulle injicera gift.

Plötsligt blev hon rädd. Inte för att hon trodde hon skulle dö. Utan för att hon inte brydde sig om ifall hon faktiskt gjorde det.

Någon säkerhetsventil hade slagit ifrån och stängde av hennes ångest. Hennes kropp gick återigen på omedveten automatik.

Dödsdömd lägerfånge, tänkte hon bortkopplad från verkligheten. Det kan jag aldrig berätta för någon. Det får barnet aldrig veta, att det var så jag kände när det kom till.

Operationssalen var mindre än Gabriella hade föreställt sig.

Sköterskan ledde in henne och där mötte de Denise

som hälsade och sa något med ett uppmuntrande leende. Gabriella svarade med ett försiktigt mumlande, men var osäker på vad hon faktiskt svarade på. Hon förstod knappt själv orden hon yttrade medan de småpratade lite.

Sedan kom läkaren in och presenterade sig. Det var en medelålders kvinna som Denise förklarade var den bästa. Gabriella uppfattade aldrig hennes namn, men hälsade tillbaka, osäker på om hon hade talat högt eller inte.

Sköterskan frågade efter hennes namn och personnummer och tydligen svarade Gabriella rätt eftersom hon sedan blev visad fram till gynekologstolen.

Någonstans stod ett par högtalare ur vilken det strömmade något som skulle vara avslappnande klassisk musik. Gabriella uppfattade dock inte flödet utan hörde bara enskilda toner, obegripliga och isolerade från varandra, som slumpmässiga signaler.

Rösterna runt henne upphörde också ha betydelse. Hon hörde ljuden, stavelserna, bokstäverna, smackandena med tungan, men hon förstod inte helheten.

Ljuden bildade inga ord.

När någon tittade på henne och deras mun rörde sig så nickade hon bara och hoppades att det var rätt reaktion.

Sedan fick hon injektionerna med smärtstillande och lugnande i den redan satta nålen i armen.

En mjuk, varm filt av kemikalier sveptes runt henne och alla spänningar i de smärtande musklerna löstes upp. Hon lättade från stolen och allt som hände runt henne dämpades för en stund till en behaglig nivå.

Medan läkaren förde in den första bedövningssprutan på ena sidan av hennes underliv kände hon knappt något, men när hon sedan började tränga in på den andra sidan med nästa hade det första morfinruset lagt sig och hon kände spetsen röra sig allt djupare in. Det var som om hon kände hur den stack sönder henne, spräckte blåsorna och trasade sönder hennes äggstockar innan själva plocken ens hade börjat.

Hon drog häftigt efter andan och sa skarpt:

"Sluta! Det gör ont!"

"Det är snart klart", sa läkaren koncentrerat och fortsatte trycka.

"Det går snart över", tröstade Denise med en hand på hennes axel.

Gabriella bet ihop tänderna och försökte vara tyst. Hon skämdes över att hon inte kunde sluta kvida.

Smärtan trängde undan alla hennes andra tankar. Hon slapp sig själv. Det gjorde att hon kunde acceptera den. Det gjorde smärtan lättare att härda ut.

När nålen till slut drogs tillbaka kände hon att det rann blod ur sticksåren.

"Nu är du bedövad, nu ska det inte göra ont mer", sa läkaren och bytte redskap.

På en ultraljudsmonitor kunde de följa den långsamma kanylens väg in genom hennes underliv upp mot äggstockarna.

Tiden flöt ihop och Gabriella förlorade sig i betraktande av bilden medan de sög ut äggblåsorna. Sedan var det plötsligt färdigt.

Äggen och de främmande instrumenten hade tagits ut ur henne. En molande värk var allt som fanns kvar därinne.

Läkaren gick iväg och sköterskan ordnade med instrumenten.

Gabriella började klarna och insåg att det nu var över. Denise försökte prata med henne, men hon hörde inte på. Hela hennes fokus var nu på att få höra resultatet. Tänk om allt var förgäves?

Efter en stund av spänd väntan kom läkaren tillbaka vänligt leende.

"Det gick bra", sa hon. "Vi har fått ut tolv ägg!"

"Oj, det är ju jättebra", sa Denise glatt.

Utan att hon rörde en min rann tårar från Gabriellas blanka ögon.

Trots att hon stod upp var hon försvunnen från världen.

Denise och sköterskan ledde hennes övergivna kropp tillbaka till rummet medan tårarna fortsatte rinna.

16

Några timmar senare hade Gabriella vaknat ur sin utmattade sömn och lämnat kliniken. Hon gick försiktigt längs gågatan genom staden för att komma till sin parkerade bil och kände den molande värken i magen för varje steg hon tog.

Det kändes ungefär som ovanligt jobbig mensvärk.

Osäker på hur mycket hon egentligen blödde efter ingreppet började hon oroa sig för att det tunna förbandet hon hade fått inte skulle räcka till.

Det var det enda som oroade henne.

Inget av det som hänt tidigare på dagen fanns i hennes medvetande just då. Varken den motbjudande morgonen med Karl eller den obehagliga proceduren på kliniken. Allt som existerade i hennes värld nu var smärtan och blodet.

Hon tänkte inte på om befruktningen skulle lyckas eller hur hon skulle kunna låtsas som om ingenting särskilt hade hänt när hon kom hem.

Det enda viktiga var att ingen såg henne blöda.

På något sätt måste hon göra rent.

Då insåg hon att hon bara var ett kvarter från konsthallen där hennes konstförening höll utställning. Hon vek av från gågatan och fortsatte upp längs en liten park och kom fram till det gamla tegelhuset där föreningen disponerade hela andra våningen.

Medan hon gick uppför trappan kändes det som om något skavde inne i henne. Som om de sönderstuckna äggstockarna hade spruckit till trasiga glasskärvor därinne.

Koncentrerat lyfte hon en fot i taget och var till slut uppe.

"Gabriella", utbrast en kvinna som satt i en stol runt hörnet och läste en bok. "Hur är det med dig?"

Det var Emma Zetterling, föreningens sekreterare, som satt vakt på utställningen.

"Ingen fara. Jag har sån... jobbig mensvärk bara."

De var tillräckligt bekanta för att Gabriella inte skulle känna sig obekväm.

"Du är alldeles blek", sa Emma oroligt.

"Jag har inte med mig några bindor..."

"Du, jag tror jag har i väskan. Vänta. Vill du ha en Alvedon också?"

"Jag har själv, tack, jag tänkte just ta en."

Gabriella tog emot bindan och gick in på damtoan. Skymtade i spegeln att hon var blek och svettig innan hon hukade sig ner över toaletten.

Det var rikligt med blod i förbandet hon fått på kliniken. Oroligt undrade hon om det verkligen skulle blöda så mycket. Hon gjorde rent och fäste bindan i trosorna, sedan försökte hon slappna av några sekunder. Hon jagade nog bara upp sig i onödan.

Om hon bara tog sig hem nu skulle hon gå och lägga sig direkt. Hon längtade efter att få sova, förlora medvetandet fullständigt och slippa känna något mer.

Efter några minuter av stilla andetag reste hon sig upp igen, tvättade händerna noga och lämnade sedan toaletten.

"Nu känns det lite bättre", sa hon till Emma som såg tvivlande ut.

"Du ser lite medtagen ut, du ska nog gå hem och vila lite."

"Ja, jag är på väg", sa Gabriella och kände en viss irritation över Emmas bekymrade blick. Hon skulle inte komma och säga åt Gabriella vad hon skulle göra. Varför tror alla att de vet bättre än mig, tänkte hon och sa utan att egentligen vilja det:

"Jag ska bara titta på utställningen först."

"Ja... Det kan ju vara avslappnande förstås."

Gabriella tog ett programblad från det lilla bordet och gick in mot utställningssalen medan hon läste: *Ytspänning – Emelie Mårtenssons Grafiska Grimoire. Demoner från ett helt liv fångade i akryl och aska.*

De stora tavlorna var verkligen speciella. "Intensiv, psykologisk skräckrealism med en suggestiv känsla av inneboende magi", hade lokaltidningen recenserat.

Konstnärinnan var en kvinna, något yngre än Gabriella, som hade spenderat halva sitt liv på psykiatriska kliniken. Hon hade nyligen uppmärksammats i riksmedia och konstföreningen hade haft tur som hunnit boka henne först. De stora målningarna var som en egensinnig korsning mellan Hilma af Klint och Hieronymus Bosch. Groteska, halvt anade demoner i någon sorts esoteriska landskap. Det var som om bilderna verkligen försökte kommunicera någon underliggande sanning.

Det fanns en dold nerv i dem som slog an hos Gabriella. De satte igång en process inom henne. Hon kunde nästan känna hur neuronerna i hennes hjärna lyste upp som små gnistrande blixtar i ett mörkt åskmoln. Tavlorna kanaliserade ångest rakt in i Gabriellas ryggrad. Eller så kanske de bara släppte loss det som redan fanns där. De kanske triggade allt som satt fastlåst i hennes system.

Sakta började hon svettas igen. Hon kände sig orolig och benen började darra, som om de förberedde sig för att fly. Hon såg något i bilderna som hon inte riktigt kunde greppa, som om de talade till djupare, mer primitiva delar av hennes kropp. Det kändes som om något hade börjat röra sig vid åsynen av de obehagliga demonporträtten.

Som om något vaknade djupt inom henne.

Skräckslagen insåg hon att hon hade förlorat kontroll över kroppen och var helt oförmögen att röra sig. Hon stod som paralyserad framför en mörk tavla där hon skymtade en blek och missbildad androgyn kropp i en diffus rödsvart grotta, som en hålighet i muterat kött.

Utställningshallen var redan från början svagt upplyst och nu tycktes det sista ljuset tona ut runt henne. Det enda som syntes var skepnaderna på tavlorna runt henne. Ramarna hade försvunnit i mörkret och det såg ut som om de svagt lysande varelserna stod runt henne i rummet.

Orörliga som groteska skyltdockor betraktade de henne, tysta, väntande, som om något var på väg att hända.

Gabriella kände pulsen bulta i hela kroppen och hon höjde instinktivt handen till sin mage. Då insåg hon att hon faktiskt kunde röra sig, om än bara väldigt långsamt. Som om hon rörde sig i en trög vätska.

Ett svagt mumlande från avlägsna röster hördes plötsligt i rummet trots att hon var ensam därinne. Det lät som det kom från de stela figurerna runt henne och Gabriella häpnade över hur någon hade kunnat måla in röster i tavlorna.

Sedan såg hon den första rörelsen som inte var hennes egen.

Det var den androgyna kroppen framför henne som ändrade ställning.

Hon såg att tavlans yta bara var ett svartsolkigt, halv-blankt membran bakom vilken det fanns ett utrymme där den bleka skepnaden stod.

Det var en deformerad, naken kvinna med drag av någon sorts havsvarelse i symbios med en stor manet, som antingen svävade bakom henne eller hängde över hennes rygg. Runt sig hade varelsen ett tunt mörker, som en svepning av kompakt, påtaglig dimma. Hela uppenbarelsen var vacker och motbjudande på samma gång.

Tavlans grotta sträckte sig nu ut runt dem och väggarna var som delar av både in- och utsidan av en kropp i stark förstoring. De knöliga slemhinnor som utgjorde väggarna var perforerade av decimeterstora porer och var delvis övervuxna med halvmeterlånga svarta hårstrån som påminde om högt gräs eller någon sorts vass.

Sakta lyfte skepnaden sin hand och tryckte den mot hinnan mellan dem. Hela Gabriellas synfält knölades till, buktade inåt, som om den främmande handen tryckte direkt på hennes ögonglob.

För ett ögonblick undrade hon vem av dem som var på utsidan av hinnan. Kanske det var hon själv som var innesluten i en bubbla.

Hon såg varelsen röra sig på andra sidan av ytan och det verkade som om den försökte kommunicera med henne. Inga ljud hördes förutom ett dovt, pulserande sus.

Varelsen klöste med spetsiga, kloliknande fingrar och försökte penetrera den geléartade massan mellan dem utan framgång. Detta gjorde Gabriella iskall. Om de inte lyckades spräcka barriären skulle något hemskt hända, det kände hon på sig.

Då skulle hon aldrig få veta vad varelsen försökte säga

henne.

Hon såg varelsen fokusera sina svarta ögon mot henne och tycktes tala till henne medan den höll sin vassa hand stilla mot hinnan.

Gabriella ville desperat höra henne. Hon ville veta vilka ord som var fångade bakom barriären. Hon kämpade för att förstå vad varelsen ville säga.

Den ritade tecken. Dess fingrar bildade svarta linjer som tycktes sväva som ett sigill mellan dem. Gabriella försökte instinktivt göra detsamma men insåg att hon behövde något att måla med.

Hon behövde färg att fylla i mönstret med.

Det fanns bara ett alternativ. Sakta knäppte hon, med tröga rörelser, upp byxorna och fuktade fingret med sina röda, ur såren läckande kroppsvätskor.

Sedan förde hon det fuktade fingret mot den glatta ytan och följde spåret varelsen på andra sidan hade visat henne.

Hon fyllde i symbolens linjer, vinklar och bågar med sitt blod.

Och plötsligt brast hinnan.

Ytspänningen släppte med en kraftigt sprakande knäpp, som rämnande torrt trä, och den organiska barriären började spricka upp mellan dem.

Medan kladdig plasma sprutade ur öppningen sträckte den blekt vita skepnaden sina spetsiga armar genom hålet, rakt mot Gabriella som drog sig instinktivt bakåt.

Samtidigt rörde sig den märkligt formade munnen och försökte forma ord. Dess stämband knorrade, nästan knastrade, och det var svårt att förstå vad den sa.

Gabriella såg frustrerat att hålet redan började läka ihop och hon förstod att de inte hade lång tid på sig.

"...kommer ur mörkret för att hämta...", lyckades hon plötsligt urskilja, *"...kommer att dö..."*

"Vem ska dö", ropade hon frustrerat utan att få något svar. "Vem kommer att dö? Snälla, svara!"

Panikslagen över att inte veta vad hon skulle göra började hon skrika. Hon vrålade rakt ut så att rösten skar sig. Hon skrek så det gjorde ont i halsen.

Varelsen skrek tillbaka med ett ljust skärande skrik, nästan som ett barn, och drogs bakåt, ut genom öppningen som åter slöt sig sömlöst runt en ringande tystnad.

Gabriella hade också slutat skrika och stod flåsande efter andan.

Ljuset hade kommit tillbaka runt henne igen. Det var som om hennes synfält hade breddats igen efter ett tillstånd av tunnelseende.

Bredvid henne stod Emma och såg chockat på henne.

Gabriella försökte förstå varför.

Sedan såg hon tavlan framför sig.

Sedan såg hon det kladdiga mönstret på dess yta.

Sedan insåg hon att hennes byxor var nedhasade runt anklarna och att hennes hand var röd av blod liksom hennes skrev.

"Herregud, vad gör du Gabriella", utbrast Emma förfärat när hon såg att Gabriella tittade på henne.

Gabriella svarade inte, hon bara stirrade skarpt på kvinnan utan tecken på att ha förstått hennes ord.

"Gabriella", upprepade Emma frågande efter några

sekunder. "Vad håller du på med?"

Då steg Gabriella fram och gav henne en örfil med sin blodiga hand, så hårt att det stänkte över golvet.

Emma ryggade skräckslaget tillbaka men Gabriella hann slå ännu en gång innan Emma i panik lyckades backa ut ur hennes räckvidd.

Gabriella drog då snabbt på sig byxorna och försvann nerför trappan och ut ur byggnaden utan att röra en min.

På något sätt tog hon sig genom trafiken vid övergångsstället till parkeringen vid rådhuset där hon hade sin bil.

På något sätt lyckades hon köra hem.

På något sätt lyckades *någon* köra hem. Själv hade hon inget minne av hur det hade gått till.

Det var som om hon var någon annan. Hennes kropp var någon annans.

Ytspänningen hade spräckts och hon hade plockats ut ur sig själv.

Det som kom hem till lägenheten och började laga middag var bara ett tomt skal.

En ihålig blåsa.

Ett hölje av svart solkig ondska.

17

Dagen efter äggplocken och den skrämmande visionen på konstgalleriet klev inte Gabriella upp ur sängen förrän hon var tvungen att gå på toa någon gång strax efter tolv.

Det fanns ingen mening med att gå upp innan dess.

Tidigare på morgonen sa hon till Karl att hon tänkte flexa när han var på väg till jobbet och undrade om hon inte skulle kliva upp. Till Jessica sa hon att hon hade ont i magen och tänkte stanna hemma.

När hon äntligen var ensam låg hon under täcket och tänkte.

Vad hade egentligen hänt henne?

Hon hade så många motstridiga tankar att det var svårt att reda ut. På något sätt mindes hon flera saker samtidigt, som om hon inte kunde koncentrera sig på en enda tanke åt gången, utan överöstes med tankar hon inte ville ha. Minnet kastade fragment och glimtar av den bisarra upplevelsen framför tavlan över henne utan att hon kunde hejda det.

Något hade trängt ut genom hinnan, ett meddelande, information, en signal hade överförts. En idé hade placerats i henne.

Vem var det som försökte kommunicera med henne? Den bleka skepnaden hade sett ut som en människa, en kvinna, men var missbildad och deformerad. Var det bara ett sätt att skapa kontakt på ett sätt hon kunde förstå? Kom budskapet egentligen från en mer obegriplig källa? Skepnaden var kanske bara symbolisk, tänkte hon, den var något hennes hjärna satte ihop för att försöka förstå.

Vad var det hon skulle förstå? Vem eller vad det nu än var som kommunicerade med henne hade ansträngt sig för att överföra ett meddelande till henne. Så det måste vara viktigt.

Vem skulle komma ur mörkret för att hämta... vad?

Och vem skulle dö?

Hur skulle hon kunna få veta det?

Och varför var det viktigt att hon fick veta det?

Hennes hjärna gick på högvarv och hon var bitvis inte ens säker på om hon låg hemma i sängen eller fortfarande befann sig i mörkret hon upplevt på galleriet.

Hon försökte analysera sin upplevelse, men den var undflyende och svårgripbar, så det slutade med att hon bara låg där och lät tankarna virvla utan kontroll.

Stormvarning i Gabriellas hjärna, tänkte hon tillbakadraget som om hon återigen stod utanför och såg på.

Medan hon låg där och vred sig mellan lakanen ringde hennes mobil flera gånger, envist och länge, men Gabriella gjorde aldrig någon ansats att svara.

När hon till slut satte sig på toa kände hon att värken äntligen var borta. Hon hade också slutat blöda och hon slängde tacksamt den sista, ofläckade bindan i soporna.

Kanske var det lättnaden över detta som äntligen fick henne att vakna till liv. Det var i alla fall något som gick som beräknat.

Hon hämtade sin telefon och såg efter vilka som hade ringt. Hennes jobb, Henriks privata mobil och ett obekant nummer.

Hon sms:ade till Henrik: *Stannar hemma sjuk idag. Lovar att komma i morgon så vi kan hålla föreläsningen på universitet.*

Sedan sökte hon upp det obekanta numret och såg att det gick till Jessicas skola. Var det idag Gabriella skulle ha träffat hennes lärare? Eller skulle hon ha ringt upp först? Hon mindes inte riktigt. Vad var det de behövde mötas för att diskutera?

Hon skickade snabbt ett sms till sin dotter där hon sa att hon nu mådde bättre och frågade om allt var lugnt. Då skulle hon kunna se på svaret om allt var okej med henne utan att hon behövde fråga rakt ut.

Henrik svarade först: *Blev lite krångligt här, du skulle ha hört av dig tidigare. Hörs sen. Krya på dig.*

Strax efter kom Jessicas svar: *Du behöver inte vara orolig.*

Det var lite svårtolkat. Det var alltså något som inte stod rätt till, men var nog inget som var brådskande. Gabriella kände inte att hon behövde ringa upp skolan nu direkt i alla fall. Jessica kunde ta vara på sig. Själv hade hon flyttat hemifrån när hon var sjutton, bara två år äldre än Jessica var nu. Hon klarar sig. Hon är sin mammas dotter. Inga problem.

Gabriella lade undan mobilen och började klä på sig. Hon fick dock bara på sig trosor, behå och en tröja innan hon blev sittande med en strumpa på foten och en i händerna.

Sedan sms:ade hon till Jessica igen: *Du har väl två strumpor på dig?*

Svaret löd: *Sluta mamma, jag har lektion nu.*

Med en suck gick Gabriella ut i hallen utan att ta på sig varken den andra strumpan eller byxor.

Där ordnade hon kläderna i den röriga hallen, hängde in några jackor i en garderob och ställde skorna rätt i skostället.

Sedan fortsatte hon in i köket och öppnade kylskåpet. Hon tittade på hyllorna och började sedan skriva ett sms

till Jessica igen. *Var är köttet jag tog fram ur frysen igår?*
Men sedan raderade hon det och lade undan telefonen.

Istället öppnade hon frysen och betraktade frostiga plastlådor och fryspåsar några sekunder innan hon stängde dörren igen.

Medan den susande drog ihop sig runt det kalla innanmätet skrev Gabriella ett nytt sms till Henrik: *Det ligger nedfrysta foster i en matlåda i kylen. Vad ska jag göra?*

När hon insåg vad hon hade skickat blev hon plötsligt rädd.

Snabbt skrev hon ett nytt meddelande: *Bara skojar. Ses i morgon.*

När hon såg leveransbekräftelsen stängde hon av telefonen och återvände till sängen.

Där kröp hon ner under täcket igen och drog mörkret tätt omkring sig.

Försvann för resten av dagen.

18

När Gabriella kom till universitetet på onsdagsmorgonen såg hon Henrik stå utanför föreläsningssalen med deras kollega Lina.

"Vad gör hon här", undrade hon och nickade mot Lina innan någon av dem ens hann hälsa.

"Jag visste ju inte om du skulle komma", sa Henrik sårad över att Gabriella hade stängt honom ute och inte pratat med honom.

"Men jag sa ju häromdan att jag skulle komma."

"Du dök inte upp på jobbet igår och din telefon var

avstängd, förutom det där konstiga sms:et. När jag försökte ringa Jessica sa hon att du sov hela kvällen. Hur skulle jag kunna veta om du tänkte komma?"

"Nu är jag här i alla fall."

"Det spelar ingen roll. Jag och Lina gör föreläsningen den här gången."

"Men det är min föreläsning! Jag gör alltid det här!"

"Tänker du börja bråka nu också", väste Henrik och nickade mot en grupp studenter som närmade sig. "Skärp dig!"

Gabriella backade när hon såg Henriks blick.

"Åk till jobbet, eller åk hem", sa han mjukare. "Men jag vill träffa dig och prata när jag är klar här. Kan vi äta lunch?"

"Det är klart vi kan", svarade Gabriella och visste inte riktigt om hon var besviken eller lättad över att inte få hålla föreläsningen. Hon visste att hon hade sett fram mot att träffa studenterna, att hon brukade tycka det var inspirerande, och längtade nästan själv efter att få vara student igen. Men nu undrade hon varför hon överhuvudtaget gjorde det. Det var nästan samma föreläsning år efter år. Var det inte ganska meningslöst egentligen?

Henrik och Lina försvann in i salen för att förbereda medan studenterna dröjde kvar utanför och småpratade.

Så unga de ser ut, tänkte Gabriella. Hon som hade känt sig så vuxen när hon äntligen fick börja på universitet. Nu kändes det som små skolbarn som stod där. En del av dem har inte ens flyttat hemifrån än. Det är säkert flera som inte ens fått ligga med någon än. Vilken märklig tanke.

Hon kände sig malplacerad bland dem. De var främmande för henne och hon var plötsligt glad att slippa prata med dem. Hon visste inte vad hon skulle ha sagt. Vad hade hon kunnat komma med som angick dem? Nej, hon var alldeles för gammal, hon skulle nästan kunnat vara mamma till någon av dem. Herregud, om fem år kommer Jessica med sitt bildintresse säkert att gå det här programmet. Ska hon behöva ha sin mamma som föreläsare?

Nej, det här var sista gången hon var här. Hon insåg att det var dags att göra något annat.

Här var hon förbrukad och uttömd.

Hon kände sig inte ens besviken.

Hon orkade inte bry sig.

Hon ville bara bort.

19

"Har du nån gång läst en text, eller något ord, och först trott att det stod nånting annat än vad det faktiskt gjorde?"

Henrik sköt undan sin tomma tallrik och drack upp det sista vattnet ur glaset medan han väntade på Gabriellas svar. Hon satt nedstämd och tittade på sin kalla, halvätna Caesarsallad. Hon hade ingen aptit längre.

Hon hade försökt berätta om sin mörka vision på galleriet för Henrik, men han hade inte förstått hur intensiv den varit, hur verklig, och hur viktig den var för henne.

"Ja, det har jag väl...", svarade hon dämpat.

"Då har du sett ett spöke. Hjärnan gör alltid gissningar om sin omvärld, baserat på vad du förväntar dig, vilken kultur och miljö du är uppvuxen och lever i. Större delen av allt vi uppfattar som synintryck är bara avancerade extrapoleringar. Vad vi upplever just nu, är hjärnans bästa kvalificerade gissning om världen omkring oss. Inte hur den faktiskt är. Anledningen till att bara vissa personer ser spöken, och att man måste vara 'öppen' för att se spöken, är för att annars har inte hjärnan 'spöke' som top-of-mind, som första gissning, när den inte hinner bearbeta eller få korrekt information från ögonen."

"Jag förstår att du inte tror mig, men hade du sett det själv hade du vetat att det inte var inbillning."

"Men jag säger inte att det inte är sant. Vi uppfattar ju hela världen så här, till hälften i huvudet och till hälften baserat på vad som faktiskt händer. Man kan egentligen inte säga att någons uppfattning är verkligare än nån annans. Om du såg den här skepnaden så var det ju faktiskt verkligt ur din synvinkel."

"Du är min bästa vän, det vet du, men jag kan inte prata mer med dig om det här nu. Jag skulle aldrig ha sagt nåt."

"Förlåt, men jag försöker bara förstå. Det här är mitt sätt att förstå. Att analysera."

"Det funkar inte alltid att analysera. Det här är något som går djupare än så. Oavsett om det kom utifrån eller inifrån mig själv så är det något jag måste förstå. Det är något viktigt."

"Det kan vara ditt eget undermedvetna som försöker säga dig något. All stress runt den här IVF-grejen har väl fått dig lite ur balans. Vad säger Karl då?"

"Han vet fortfarande ingenting. Och han kommer aldrig att få veta."

"Men varför inte?"

"Hur ska jag kunna erkänna att jag ljugit för honom i alla år? Att jag inte alls hade p-stav när vi träffades som jag sa då, att jag i själva verket steriliserade mig sedan jag hade fött Jessica och inte kan få barn. Och det är ju vad han behöver allra mest nu. Det har gått för långt nu, jag har ljugit om allt så många år, jag kan inte berätta längre. Och särskilt inte nu när allt håller på att ordna sig."

"Men gör det verkligen det?"

"När barnet kommer blir allt som det ska."

"Det gör det säkert."

"Den här lögnen har kommit mellan mig och Karl så länge nu. Den har växt som en mur mellan oss. Bara den försvinner så kommer vi kunna prata som vi gjorde förut."

"Och om det inte funkar då?"

"Dom fick ut många ägg. Tolv stycken. Dom vi inte använder på fredag hamnar i frysen ifall att."

"Jag menar om inte det blir bättre mellan dig och Karl?"

"Varför skulle det inte bli det?"

"Allt blir inte som man tänkt sig jämt. Men vi får hoppas att du har rätt. Han vill ju ha barn, så han blir nog glad även om han inte får veta hur det har gått till."

"Ja, exakt. Det är ju hans barn och inte Eriks."

"Vad menar du?"

"Alltså, det blir hans barn. Vårat. Något vi har tillsammans. Han har det svårt med Jessica har jag förstått. Han försöker, men jag tror han känner sig osäker inför henne. Fast hon är så ung. Han vet inte hur han ska hantera henne riktigt. Hon är ju Eriks barn."

"Hon är ganska viljestark också. Som sin mor. Karl har det inte lätt."

"Nej, det har han inte. Han försöker så desperat vara den som är stark och auktoritär i familjen, vara den som tar hand om oss. Han försöker lösa allas problem, men nu har det blivit honom övermäktigt. Han skulle bara veta vad vi gör för honom."

"Ni daltar med honom."

"Men han behöver det. Han är så osäker innanför skalet. Som det här projektet han ska presentera på fredag. Jag har ju hjälpt honom med halva jobbet utan att han har märkt det. Fått mina förslag till förbättringar att verka som hans egna idéer."

"Vet du, det är första gången du nämnt honom vid namn sedan rättegången."

"Va? Jag pratar väl om Karl jämt."

"Nej, nu menar jag Erik alltså."

"Jaha."

"Hur kommer det sig?"

"Jag vet inte. Jag har inte tänkt på honom på länge. Men sen ett par dagar har han dykt upp igen. Särskilt i måndags tänkte jag på honom när jag inte borde ha gjort det. Det är som om han har något med allt det här att göra."

"Men det är väl inte så konstigt. Det var väl på grund av det som hände med honom som du steriliserade dig. Och nu måste du gå igenom hela den här behandlingen på grund av det. Du, eller ditt undermedvetna, kanske tycker att det är hans fel alltihop."

"Så meddelandet handlar om honom?"

"Haha, det kanske är han som kommer efter dig igen!"

Gabriella såg chockad ut, och Henrik ångrade sig snabbt.

"Förlåt", sa han. "Jag bara skämtade, det var inte meningen, det var dumt sagt. Förlåt."

Stämningen vid bordet hade förändrats på ett ögonblick.

"Ingen fara", sa Gabriella men såg fortfarande uppjagad ut. Hennes blick började irra och det var som om pupillerna hade dragit ihop sig mer än normalt för att skydda sig mot en potentiell fara.

"Herregud, vad korkad jag är", sa Henrik besvärad. "Jag menar såklart inte att han kommer... Glöm det... Vad tänker jag med?"

"Det är ingen fara säger jag ju", sa Gabriella men lyckades inte låta som om hon menade det.

"Jag känner mig så dum."

"Gör inte det. Men sluta prata om det."

Gabriella blev svårkonverserad och gled mer och mer över i sina egna tankar medan Henrik försökte släta över sitt misstag. De pratade vidare om att hon skulle sjukskriva sig resten av veckan och att Henrik sedan skulle hämta Gabriella och Jessica, som hade studiedag på fredagen, för att köra Gabriella till kliniken och sedan, efter det sista steget där, åka ut till hans sommarstuga allihop, som de bestämt tidigare.

Hon lyckades få upp någon sorts fasad för att lugna

Henrik och när de lämnade restaurangen trodde han att hon mådde bra igen.

I själva verket grubblade hon på om Henrik kanske hade rätt.

Tänk om det var Erik som var på väg tillbaka.

Tänk om han kom efter henne och Jessica igen.

Nu när hon var på väg att bli lycklig igen.

Då skulle han förstöra allt. Precis som förra gången.

Rasera hennes liv då hon var som lyckligast.

Han kommer ur mörkret för att döda.

Precis som den där gången.

20

Om hon hade lyckats tränga igenom skalet till någon annan form av existens, måste det väl finnas andra som också har gjort det, tänkte Gabriella. Det måste finnas fler med erfarenhet av kommunikation med andra väsen än människor. Hon kunde väl inte vara ensam om sin upplevelse.

Det var helt logiskt när hon väl insåg det. Hon behövde få tag på ett medium. Någon som hjälpte henne att etablera kontakt med skepnaden på andra sidan hinnan igen.

Tanken var lika naturlig för henne som att man behöver ringa rörmokaren om rören läcker.

Hon behövde någon som hjälpte henne att hitta in i mörkret. Någon som öppnade hålet till andra sidan.

Det kunde inte vara en slump att hon bara några dagar tidigare hade träffat den hon nu behövde hjälp av.

Det måste hänga ihop på något sätt, annars var det för osannolikt. Allt som hände var intimt sammanlänkat, det kände hon på sig. Det fanns en dold plan bakom den där mörka hinnan, och den skulle hon avslöja.

Hon sökte fram numret och ringde sedan upp utan att egentligen tänka efter vad hon ville säga. Det kändes så intuitivt för henne att hon inte kunde formulera det i vanliga ord. Kanske borde hon konstruera ett helt nytt språk för att på ett korrekt sätt kunna beskriva det hon upplevde? Men hur skulle hon hinna det? Var det ens möjligt?

Hennes hjärna gick på högvarv och medan signalerna gick fram harklade hon sig otåligt väntande på att någon skulle svara. Tiden mellan tonerna tycktes töjas ut och det tog oändligt länge innan hon plötsligt hörde en grötig mansröst svara.

"Ja?"

"Hej. Är det Tommy Nykvist?"

"Ja."

"Det här är Gabriella. Ringer jag och stör eller har du tid en stund?"

"Vad vill du?"

"Du sa att jag kunde ringa."

"Jaha?"

"När vi sågs i affären häromdan. Du sa att du kunde hjälpa mig."

"Nej."

Gabriella tystnade besviket.

"Men du sa..."

"Jag vet vad jag sa. Men det är bara du själv som kan

hjälpa dig själv. Jag kan få dig att fokusera. Att hitta in. Att öppna upp."

"Jag kan fokusera, jag har gått en kurs i själv..."

"Men ändå ringer du mig", avbröt Tommy. "Det är nåt som saknas alltså. Du kanske borde gå till en psykolog."

"Du sa nåt om att du kan göra sånt psykologerna inte kan."

"Vill du ha en seans?"

"Näe, alltså..."

"Vill du ha en föreställning? Ska jag spela lite teater och trösta dig? Lite cold reading och tricks där jag säger att de döda har det bra och förlåter dig?"

"Jag vill inte ha nån föreställning. Jag menar allvar."

"Bra. Det gör jag också. Jag hjälper folk på riktigt."

"Kan du hjälpa mig då?"

"Okej. Bara du är medveten om att det inte blir särskilt trevligt. Folk har sett medium på teve och tror att det är så det går till. Det här är nåt helt annat. Jag gör det här på riktigt, så att du är medveten om det."

"Jadå."

"Det finns inga regler eller hämningar när man går in i gränslandet. Det kan bli väldigt obehagligt för dig, förstår du det?"

"Bara det hjälper mig så."

"Om det inte passar är det bara att du avbryter och går. Du kan gå när som helst. Jag skiter i vilket. Men då får du inga pengar tillbaka, och det blir aldrig nån mer session. Du har en chans och jag har varnat dig. Förstått?"

"Ja, det låter väl rimligt."

"Säg: Jag kan gå när jag vill."

"Jag kan gå när jag vill."

"Det kostar femtusen kronor. Kontant."

"Oj. För hur länge då?"

"Så länge det tar. Det är standardpriset."

"Det låter lite dyrt."

"Det har du nog råd med Gabriella. Du kan komma i morgon klockan sju. Sju på kvällen."

"Behöver jag göra nåt särskilt? Ta med mig nåt?"

"Nej. Ta inte med dig nån som stör bara."

"Nejdå, jag kommer själv."

"Imorgon, klockan sju. Krutvaktargränd 88. Andra våningen. Det står inte mitt namn på dörren. Det står Babangida, kom ihåg det. Babangida. Femtusen i kontanter. Adjö, Gabriella."

Hon lade undan luren.

Det är som att beställa tid hos tandläkaren, rationaliserade hon för sig själv. Jag har mental tandsten som behöver skrapas bort.

Det är inte alls konstigt.

Fjärde delen

21

Kvinnan som öppnade dörren liknade den berömda bilden av ansiktet på Mars. Hon såg ut som det där berget, som med sina ögon av skuggor stirrade rakt ut i den svarta rymden. Hålögd och konturlös, med en liten smal mun och otydlig haka.

Ögonen var blanka och loja, hennes alkoholdoftande röst avslöjade varför. Hennes urblekta, en gång rödfärgade, nu snart återigen blonda hår hängde flottigt runt ansiktet och hon var klädd i en sliten morgonrock av ljusrosa frotté.

"Kom in", sa hon och Gabriella anade ett svagt talfel redan i den korta repliken.

Det var uppenbarligen något fel på kvinnan, även om det var svårt att sätta fingret på exakt vad. Hennes ögon var riktade neråt hela tiden, hon mötte aldrig Gabriellas blick. Kvinnan var inte riktigt närvarande, antingen det berodde på berusning eller något annat, men hon var någon annanstans, långt borta.

Med en sjunkande känsla av obehag klev Gabriella in över tröskeln och kände då en instängd, murrig doft som anades under den cigarrettrök som i övrigt fyllde lägenheten. Där fanns också en annan lukt hon inte kunde placera. Den gjorde henne om möjligt ännu mer orolig.

Hon hade ångrat sig på vägen dit. Hon visste på något sätt att det hon var på väg in i verkligen var farligt. Det hade hon känt redan i det första mötet med skepnaden i galleriet. Då hade hon varit för överraskad för att hinna bli rädd. Nu skulle hon hamna där igen, intill en spricka i verkligheten. Skulle något bryta igenom fullständigt den här gången? Skulle hon möta varelsen igen? Ville den hjälpa henne eller var den farlig? Vad som helst skulle kunna hända. Hon skulle kunna bli skadad, både fysiskt och psykiskt antog hon. Ändå hade hon fortsatt ända fram.

Nu ville hon lämna lägenheten, springa nerför trapporna, ut på gården bland de fyrkantiga 1970-talsbruna tegelbyggnaderna i förortsområdet och springa till bilen som stod ute på gästparkeringen. Åka hem till Karl och Jessica, sucka över hur mycket det var att göra på jobbet och sen lägga sig i badkaret och bara ligga medan det varma vattnet svalnade.

Men hon stannade, trots den växande klumpen av het magma i mellangärdet. Hon var tvungen att försöka, hon var tvungen att veta.

Det var mörkt i hallen och bara några enstaka lampor lyste längre in. Inga taklampor var tända och persiennerna var nedfällda över fönstren. Ett par billiga, omoderna tygjackor, förmodligen köpta på närmaste lågprisbutik, tänkte Gabriella nedlåtande, hängde från krokar över en stor hög med skor. Under henne, på hallmattan, låg ett tjockt lager med reklam och oöppnad post omgivet av damm och hårtussar.

Inifrån lägenhetens vardagsrum hördes det monotona ljudet av fotbollskörer från en teve inställd på någon sportkanal.

"Lås efter dig", sa kvinnan och pekade på ytterdörren. "Javisst", svarade Gabriella och vred om låset. Sedan hejdade hon sig och tittade på dörren som om hon undrade varför hon låste istället för att ge sig iväg. "Tommy sitter i köket", sa kvinnan tonlöst. "Ge honom pengarna på en gång. Var försiktig, han är full."

En kort adrenalinrusch drog över Gabriella medan kvinnan försvann in i ett sovrum till höger och drog igen dörren bakom sig. Hon stod tvekande en stund och tittade på golvet. Det var så smutsigt att hon undrade om hon skulle behålla skorna på. Kanske var det säkrast så bestämde hon och tog några steg mot köket.

I hallspegeln mittemot ytterdörren fick hon syn på sig själv, såg sina rädda ögon som kikade ut under det stylade blonda håret. Hon var klädd i enkelt svart och hon såg bra ut, i synnerhet om man jämförde med det märkliga, nästan Downs-liknande utseendet hos kvinnan som öppnat. Det var tydligt att två helt olika världar möttes här.

Ett dämpat rop hördes från sovrumsdörren och från vardagsrummet ylade fotbollssupportrarna på teven allt intensivare.

Rakt fram fanns en dörröppning till köket. Hon tänkte snabbt och absurt att det borde ha suttit en skylt ovanför dörren: *Lasciate ogne speranza, voi ch'intrate!*

En förvånansvärt välvårdad, sköldpaddsmönstrad katt strök sig mot hennes ben med ett kort jamande på sin väg ut ur köket in mot kattlådan på toaletten. Stackars djur som måste bo här, hann hon tänka.

"Men ska du bara stå där", ropade en lite sluddrig

mansröst högt från köket. "Ta av dig skorna och kom hit för fan."

Med en lätt rysning böjde sig Gabriella ner och snörde av sig sina svarta, blanka skor innan hon gick in mot den ropande rösten.

Precis som hallen var det trånga köket ostädat och rörigt. Disk belamrade diskhon och pizzakartonger översvämmade köksbänken. Plastkassar med skräp stod staplade där det fanns plats. Det låg saker överallt och Gabriella försökte undvika att tänka på all smuts och ohyra som förmodligen fanns bland de tomma kattmatsburkarna och de gamla surnade mjölkpaketen som låg utplattade i högar vid soporna.

Precis allt som kunde vara fel i lägenheten var fel.

Värst av allt var mannen som satt vid köksbordet.

Tommy var klädd i samma svarta gympabyxor som han hade haft på affären och något som ursprungligen varit ett vitt linne. Armarna var täckta av blekta, förvrängda tatueringar. Han hade förmodligen haft muskler en gång i tiden, men nu var han bara fet. Den håriga buken hängde ut i glipan mellan det solkiga linnet och de nedhasade byxorna.

Det luktade starkt av svett i rummet.

Det här var alltså mannen som skulle hjälpa henne.

Hon hade träffat honom några gånger genom Erik för femton år sen. De två hade varit klasskamrater i grundskolan och sedan hade Tommy på något sätt hängt kvar. Som en igel utnyttjade han Eriks framgång. Låtsades att han var lika smart och belevad som Erik. Men så fort han blev full avslöjade han sig. Gabriella tyckte han var rå och outbildad, vulgär och väldigt självisk.

Men på något sätt hade hon även sett potential i honom. Han var extremt lyhörd för detaljer i samspelet mellan människor. Han visste alltid vem som ljög, vilka relationer som fanns i en grupp och det var nästan kusligt vad han undermedvetet kunde läsa ur en människa han aldrig träffat förut.

Det var väl därför hon hade ringt honom nu. Hon hoppades att han skulle ha den förmågan kvar.

När de först möttes i affären och sedan pratade över telefonen hade han varit dämpad och tillbakadragen, kontrollerad inför omgivningen. Nu var det han som hade fullständig kontroll över omgivningen.

Han satt där full och ovårdad, orakad och blank i ögonen som en av missbrukarna på busstationen. Gabriella blev plötsligt illamående. Det här kändes inte rätt.

Varför hade han druckit när han visste att hon hade bokat en session med honom? Vad tänkte han göra?

"Kom och sätt dig", sa han innan hon hann fråga och pekade på pinnstolen på andra sidan bordet.

Hon drog ut stolen och sopade undan en tuss katthår, men satte sig inte ner.

"Gabriella Ljungström", sa han och flinade.

"Eh, nej, jag har gift om mig nu."

"Vad då?"

"Jag heter Reimann. Gabriella Reimann."

"Har du blivit tysk?"

"Nej, jag..."

"Mumla inte, haru pengarna?"

Gabriella tog fram ett kuvert och räckte det till

Tommy som lade det åt sidan på bordet utan att titta i det.

"Femtusen kronor var det, eller hur", sa Gabriella för göra det tydligt att hon betalat rätt summa. Som om hon förväntade sig ett kvitto.

"Duktig flicka. Haru fått nå att dricka då?"

"Nej, jag har inte fått nåt."

"Jävla slyna, jag sa ju åt henne", muttrade han först innan han skrek så tvärt att Gabriella ryckte till. "Jenny!"

Till och med hans tänder var äckliga, gula och hade kladdiga matrester i mellanrummen. Han hade också behövt ett tandläkarbesök.

"Du ska ha en drink", konstaterade Tommy och granskade ogenerat Gabriellas kropp.

"Tack, men jag vill inget ha", svarade hon defensivt.

"Det är klart du ska, sätt dig ner och håll käften."

Medan hon gjorde som han sa skakade han fram en cigarett ur ett knöligt paket som låg på bordet bland ölburkar, glas och något som verkade vara en skål med halvt torkad dip.

"Jenny! För helvete!", skrek han igen innan han tände cigaretten.

Samtidigt som Tommy blåste ut rök med en väsning insåg Gabriella att hon nästan hållit andan sedan hon kom in i rummet. Hon fick tvinga sig att ta några djupa andetag för att inte svimma av syrebrist. Det var som om hon redan hade hamnat utanför verkligheten. Det här var så långt bort från hennes värld hon kunde komma.

En dörr hördes i hallen och kvinnan med det märkliga ansiktet, som nu var alldeles rödblommigt, kom utspringande med morgonrocken löst svept om sig.

Hon var varm och andfådd och mumlade kuvat:

"Ja, Tommy, vad vill du?"

"Du ska ge Gabriella en drink", befallde Tommy.

"Det behövs inte", försökte Gabriella inflika men ingen lyssnade.

"Vad vill hon ha då", frågade Jenny entonigt utan att titta upp på Gabriella.

"Blanda henne en Orgasm", sa Tommy och flinade barnsligt för sig själv över namnet på drinken medan Gabriella rodnade av hans pinsamhet.

"Tack, men jag ska inte ha", sa Gabriella lite tydligare den här gången. "Jag ska köra bil sen, så jag kan inte dricka."

"Skitsnack! En drink kan du dricka", fräste Tommy häftigt. Inte bara rösten var hotfull utan hela kroppsspråket dröp av aggression. "Fan, jag bjuder ju! Duger det inte för en överklassfitta som dig ska du få smaka nåt annat, och det blir fan ingen orgasm kan jag lova!"

När Tommy började resa sig upp ändrade sig Gabriella och tecknade omedvetet med händerna att han skulle sitta kvar. Hon hade aldrig träffat en så obehaglig människa förut. Elaka och giriga egoister kände hon flera, men ingen var så oförutsägbart hotfull som den här mannen vid köksbordet. Hon visste inte var hon hade honom, och var på allvar rädd att om hon tackade nej skulle han ge sig på henne fysiskt. Det hängde en stark aning om våld i luften och hon svalde hårt för att samla sig innan hon svarade.

"Okej, ett litet glas vore gott förstås."

Jenny väntade tills Tommy hade satt sig ner igen innan hon vågade röra sig. Hon tog fram några flaskor, sköljde ur ett glas från diskhon och började blanda drinken.

Rak i ryggen satt Gabriella på pinnstolen och stirrade ner i bordet. Hon var livrädd men satt kvar och hoppades att Tommy verkligen hade gåvan på riktigt. Då skulle det vara värt alltihop. Nu hade hon ändå inte så mycket val längre, hon var helt i hans våld.

Framför henne satt Tommy allsmäktig i sitt minimala rike och njöt övertydligt av cigaretten och den grumliga vätska han sög i sig från ett fläckigt glas. På bordet bredvid honom låg en tom chipspåse som förklarade de många flottiga fingeravtrycken. Hon kunde inte sluta lägga märke till alla äckliga detaljer.

Vi är som olika arter, tänkte Gabriellas skenande hjärna. Vi ser olika ut, vi klär oss olika, vi till och med äter olika. Finns det flera olika människoarter som lever sida vid sida utan att vi vet om det? Genetiska avvikelser så stora att det blir som en annan art? För det som satt på andra sidan bordet kunde omöjligt vara samma art som henne.

När Jenny ställde fram glaset på bordet gled hennes morgonrock upp en aning och Gabriellas flyktmekanism kramade hårt om hennes hjärta ett par gången när hon såg att kvinnan var naken under rocken.

Hon rodnade igen och Tommy såg hennes reaktion. Han svalde snabbt det sista i sitt glas.

"Stå still", sa han till Jenny och stirrade vingligt på Gabriella som knappt kunde andas.

Sedan stack han in handen genom glipan i morgonrocken.

Jenny jämrade sig och Tommy flinade.

"Gabriella Reimann säger du", sa han utan att släppa Gabriella med blicken.

"Ja", svarade hon röd i ansiktet.

"Hur gammal är du nu?"

"Trettioåtta."

"Och du är inte tysk?"

"Nej."

"Gift med en tysk?"

"Nej."

"Var du inte gift?"

"Jo, men han är inte tysk."

"Synd, jag gillar tyskar. Ordning och reda. Disciplin."

"Fina vägar."

"Försöker du skämta, eller?"

"Nejdå. Jag tänkte att du gillade vägar."

"Varför det?"

"Jag såg dina tidningar", sa Gabriella och pekade på en hög med bil- och lastbilstidningar som låg slängd på golvet.

"Fan vad skärpt du är då. Då har du inte druckit nog. Smaka på drinken nu. Jenny blandar bra drinkar."

Snabbt tog Gabriella upp glaset och tog en klunk medan Jenny halvhjärtat försökte vrida sig undan Tommys hand. Han höll henne kvar och hon vågade inte försöka komma undan på riktigt. Gabriella undvek noga att se vad han gjorde med handen därinne i morgonrocksmörkret.

"Jag slutar inte förrän du har druckit upp", sa Tommy och rörde handen hårdare och hårdare.

Jenny kved och mötte för första gången Gabriellas blick för några sekunder. Gabriella kunde inte riktigt tyda den. Ville hon komma undan handen eller tyckte hon om det? Av ljuden att döma kunde hon lika gilla det som känna smärta.

Gabriella ville hur som helst att det skulle ta slut snabbt så hon tog upp glaset igen och började dricka.

Tommy flinade igen och verkade hårdhänt med sin hand.

Med pulsen hårt slående och kinderna brännande röda av Jennys alltmer höga ljud tömde Gabriella glaset och smällde ner det i bordet lite hårdare än hon avsett.

Då ryckte Tommy undan sin hand och Jenny gav till ett förvånat utrop.

"Gå", sa han till Jenny och pekade mot hallen med fuktiga fingrar.

Jenny svepte rocken om sig igen och lämnade köket.

Gabriella hade börjat darra.

Musklerna i benen och armarna ryckte och ville få henne att springa ut ur rummet och fly undan den skrämmande situation hon befann sig i. Var det här verkligen värt det? Hon blinkade nervöst och såg att Tommy märkte hur hon darrade.

Då log han mot henne och fimpade noggrant cigaretten i en av ölburkarna.

Sedan kastade han sig snabbt fram och gav henne en hård örfil.

Instinktivt ryckte hon till och kastade sig åt sidan med

ett kvävt rop, överraskad av den plötsliga smärtan. Stolen knakade under henne och hon stelnade till som om hon var rädd att den skulle gå sönder.

"Blev du rädd", frågade Tommy och lutade sig självbelåtet tillbaka.

"Jag blev mest överraskad", sa Gabriella och försökte låta så självsäker hon kunde. Det var nätt och jämnt så att rösten bar. Hon svalde flera gånger och kämpade för att inte börja gråta.

"Du satt så jävla stelt. Jag kan inte läsa dig om du sitter så där. Slappna av. Jag måste se vem du är och det funkar inte om du sitter som om du hade ett kvastskaft uppkört i arslet. Som en häxa. Har du det?"

"Vad då?"

"Har du ett kvastskaft uppkört i arslet?"

"Nej, det har jag inte."

"Ska jag tro på det menar du? Jag kanske måste se efter?"

"Nej, jag lovar, jag har inget kvastskaft nånstans."

"Är du säker på det?"

"Väldigt säker."

"Berätta det för mig. Vad har du inte i röven?"

Gabriella satt tyst några sekunder och kämpade för att få fram orden. Det tog emot, men till slut sade hon:

"Jag har inget kvastskaft i baken."

Utan att bry sig om vad hon sagt petade Tommy sig i näsan och fortsatte:

"Vet du, jag vet fortfarande inte vem du är."

"Jag heter Gabriella..."

"Håll käft! Du bara pratar hela tiden."

"Jag svarar bara... har knappt sagt nåt..."

"Säger du mot mig?"

"Nej, jag bara förklarar."

"Jag vill inte höra nån förklaring, Gabriella. Om jag ska visa dig nåt får du fan göra som jag säger."

"Okej."

"Säg: Ja, Tommy".

"Ja, Tommy."

"Res dig upp."

Gabriella sköt undan stolen och ställde sig upp.

"Böj dig fram över bordet", beordrade Tommy.

"Varför då", frågade Gabriella skärrat och skulle ha ryggat tillbaka om inte väggen varit i vägen bakom henne. Hon var på väg att nå gränsen. Pengarna spelade ingen roll, hon ville gå nu, hon hade i alla fall försökt. Det hade varit en chansning ändå. Hon hade i alla fall inte trott att det faktiskt skulle hända något, försökte hon övertyga sig själv.

Ändå visste hon att hon måste stanna kvar.

Tommy reste sig hastigt upp, stirrade på henne och såg ut att vara på väg att slå henne igen. Sedan lugnade han ner sig och lämnade köket. Han försvann ut i hallen och hon hörde hur han fortsatte in i sovrummet.

Medan Tommy grävde efter något i en garderob hörde Gabriella hur Jenny stönade och jämrade sig oblygt. Något sexuellt pågick i sovrummet. Var det någon mer i lägenheten? Hade hon någon hos sig därinne?

Tommy lämnade rummet utan att stänga dörren efter sig. Redan i hallen hörde hon det metalliska klickande ljudet och hon blev iskall. Hon kände musklerna i vänstra armen rycka okontrollerat medan Tommy kom tillbaka in i köket.

I ena handen höll han ett grovkalibrigt jaktgevär med kort pipa och i den andra en låda ammunition.

"Nu ska du ha en sak jävligt klart för dig", fräste han. "Inget av det som händer här lämnar lägenheten. Det här är en värld utanför världen. Här bestämmer jag, här har jag kontroll, och jag kan göra precis vad jag vill. Det är väl därför du är här. Men jag tror inte riktigt du förstår vad det innebär. Du måste förstå att det här är allvar."

Han smällde den skramlande asken i bordet och öppnade slutstycket. Sedan lade han ifrån sig geväret och tog några av de långa mässingspatronerna i handen innan han tryckte sin kropp, varm och svettstinkande, mot Gabriella som redan hade ryggen hårt pressad mot väggen.

"Vem är det som bestämmer här", viskade han med sin sträva skäggstubb skrapande mot hennes bleka kind.

"Det är du som bestämmer", svarade hon lågt.

"Ska du göra som jag säger då?"

"Jag ska göra som du säger."

"Utan att tänka efter?"

"Som du säger."

Tommy tryckte sig hårdare mot Gabriella, men rörde henne inte i övrigt. Hennes hjärta slog så hårt att man såg ådrorna på halsen pulsera.

"Gapa", sa han med någon sorts falsk vänlighet.

Hon gjorde som han sa och han tryckte in patronerna han hade i näven i hennes mun. Penetrerade henne med deras spetsiga kulor.

"Sug som om det vore en kuk", viskade han tätt intill hennes öra.

Metallsmaken kändes logisk. Det är väl så det brukar smaka alldeles innan man svimmar. Hon hade redan börjat förnimma små blinkande ljuspunkter i utkanten av synfältet och började nu känna sig frånvarande.

"Smakar det gott", viskade Tommy medan skräcken höll på att koppla loss henne från hennes kropp.

Medan hennes blanka ögon blinkade frenetiskt för att inte börja gråta sög hon metallen fram och tillbaka mellan sina läppar.

"Du kan ju det där. Känner du att det fungerar?"

Han tryckte sitt skrev mot hennes lår och hon kände till sin fasa att han började få erektion.

"Känner du?"

"Ja", mumlade hon med patronerna kvar mellan läpparna.

Smaken fick nästan munnen att domna och hon ville inte svälja saliven, så blanka strängar letade sig sakta ut över mässingen och ner över hennes haka.

"Känn med handen", viskade Tommy. "Känn på mig. Jag ska inte röra dig. Jag kommer inte röra dig eller din fitta. Du måste göra det själv. Fokusera. Känn på den nu."

Sakta förde hon upp ena handen mellan dem och genom det tunna glansiga tyget kände hon den hårda lemmen mot handflatan.

Tommy flinade och gned sakta underlivet mot hennes hand. Han var som den där kaninen hon hade som liten, den som alltid försökte sätta på hennes arm när hon kliade den på magen.

Till slut backade han sakta bort från henne och laddade geväret med en av de blöta patronerna.

"Hoppas du är lika våt", sa han äckligt menande. "Då kommer det här gå mycket enklare."

Han tryckte slutstycket på plats och osäkrade vapnet.

Gabriella höll nästan andan och ville be honom att sluta.

Då höjde han mynningen och siktade mot hennes bröstkorg med fingret vilande på avtryckaren.

Instinktivt tänkte hon att varelsen bakom tavlans membran hade varslat om hennes egen nära förestående död. Tommy var på väg att skjuta henne. Han gick inte kontrollera, han hade inga hämningar. Hon hade själv sökt upp sin död.

Varför hade hon inte förstått?

Det svarta mörkret måste vara hennes död.

"Tommy...", började Gabriella men avbröts häftigt.

"Käften", skrek Tommy med en kaskad av saliv.

Mynningen flyttades sakta uppåt från bröstkorgen tills han siktade rakt i hennes ansikte.

Då började hennes tårar rinna.

Genom suddet i sina ögon anade hon färger som blinkade och rann förbi. Det var som om de var mycket skarpare än vanligt ljus, som om de hade ett helt annat ursprung än hennes vanliga verklighet. Något var på väg att hända. Skiktet höll kanske på att lösas upp ändå. Hon hade hoppats på någon sorts förlösning, någon form av svar. Kanske en ny kontakt med varelsen i mörkret.

Med en nästan regisserad synkronisering hördes de extremt manliga sportkörerna från teven i vardagsrummet extatiskt vråla över en annalkande målchans och i sovrummet på andra sidan lägenheten hörde hon Jennys feminina kvidande närma sig någon form av njutningsfullt crescendo.

"Böj dig fram över bordet", befallde Tommy och sänkte geväret en aning.

Tårarna droppade ner på bordet medan Gabriella sakta gjorde som han sa.

Hennes ben var domnade och det stack i armarna. Hon kände sig yr och var nästan tacksam för att få stödja sig mot bordet. Färgerna som blinkade för hennes inre blev starkare och starkare, började fylla hela hennes synfält. Sakta virvlade de ihop sig och började bilda mönster. Tunna bågar flätades ihop med räta linjer som om hon kunde se glödande blå magnetfält med blotta ögat. Hon började glida bort från sig själv, och det som pågick i köket var inte längre lika viktigt som det vackra som var på väg att hända inom henne.

Halvt förblindad av tårar och de blinkande mönstren såg hon knappt när Tommy ställde sig vid bordet och drog ner midjeresåren i sina träningsbyxor. Han lade ifrån sig geväret och tryckte sig mot bordskanten så att den, i Gabriellas ögon, suddiga rosa cylindern som stack ut från hans skrev hamnade rakt framför hennes ansikte.

"Ta den i munnen då", grymtade han och Gabriella gapade reflexartat. "Såja, sug på den nu!"

Hur kunde han veta vad hon avskydde mest av allt?

Något bultade så hårt inom henne att hon trodde något hade gått fel, att hon fått en stroke, att något höll på att brista. Hon hade ingen kontroll över något längre.

Det kändes som om något sprack och hon genomfors av en känsla av varm flödande vätska.

Linjerna och mönstren började nu forma tunnlar och väggar i någon sorts tempel av ljus och matematik. Det var nästan som om hon sögs in genom tubulära gångar i ett fraktalt mönster. Världen runt henne upphörde att existera och den tunga tröga kroppen tappade all betydelse, metallsmaken som nu blandades med stickande sälta försvann, hon kände inte sin kropp ligga fasttryckt på det kladdiga köksbordet medan den motbjudande mannen grymtade framför henne.

Hon kände varken andnöden och kväljningarna eller de häftiga muskelspasmer som genomfor hennes kropp.

Hon kände inte de varma saltstrålarna i munnen, kladdet som rann ut mellan hennes läppar.

Hon var någon annanstans.

22

Det labyrintiska mönstret bredde ut sig runt Gabriella, bredde ut sig under henne, upptog till en början hela hennes synfält. Sedan såg hon att det hon med bara fötter stod på var en tjock persisk matta med ett intrikat mönster i vars centrum hon var placerad.

Hon kände igen mattan, hon hade sett den någonstans förut. Den var mjuk med enstaka stråk av hårda små korn, som sand, smulor, något som spillts ut och inte kunde komma ur de långa tygfibrernas grepp. För en sekund fick hon en impuls att lägga sig ner och smaka om det kanske var trasiga kex hon stod på. Men så rös hon till och tänkte att det lika gärna kunde vara någon som filat bort det där hårda, vita skorvet från sina hälar.

Mönstret under henne fick vara hur vackert det ville, hon tänkte ändå inte ge det sin tunga.

Runt henne vilade tyngden av ett stort och mörkt hus nästan på hennes axlar. Det var tryckande och trögt att vistas i det ödsliga rummet. Hon kunde knappt röra sig, det var samma känsla av att befinna sig i en trög vätska som när hon såg varelsen bakom tavlans hinna. Det var högt i tak över henne och hon visste att det fanns våningar både högre upp och lägre ner.

Allt var förfallet och murket. Trasiga möbler och skräp var den enda inredningen. De bleknade väggarna täckta av klotter golvet var täckt av smuts och döda insekter.

Gabriella kände sig lika malplacerad och kvarglömd som mattan under henne.

Det var mörkt utanför det öde huset, men kolonier av självlysande svampar klängde fast vid väggar och tak och spred ett grönblått, fluorescerande sken över den diffusa världen.

Mörkret utanför de spruckna fönstren, utanför dörröppningarna, i rummets hörn, var flytande, liksom de svarta stråken som omgett skepnaden hon såg i galleriet.

Huset var övergivet och stilla, ändå visste hon att hon inte var ensam. Det fanns en närvaro där, en skepnad hon inte kunde se, som övervakade henne, betraktade henne.

Någon eller något bodde där, huset var dess hem och hon var bara där på besök.

När hon hörde ljud från rummet intill ilade det stickande signaler från naglarna, som om hon krafsat så hårt mot en gnisslande skumplastyta att naglarna spruckit och brutits isär.

Skinnet på hennes armar drog ihop sig till knottriga små knölar långt upp över armbågarna.

När hon märkte det kände hon också luft strömmade fritt mot huden över hela hennes kropp. Hon stod naken mitt i huset, mitt i rummet, mitt på mattans mönster.

Osäker på hur det hade gått till och när kläderna hade försvunnit, anade hon att nakenheten skulle tjäna ett syfte.

Hon drog efter andan och kände en svag doft av mögel och död.

Något hade hänt här. Eller skulle något hända?

En händelse någonstans i tiden hade orsakat ett så djupt avtryck i rummet att hinnan mellan Gabriellas verklighet och platsen hon befann sig på hade spruckit.

Hon förstod att det krävdes något ohyggligt för att ytspänningen mellan världarna skulle brista på det här sättet. Hon visste eftersom hon varit med om det förut.

Erik hade spräckt hinnan en gång för länge sedan.

På galleriet var det hennes ångest efter besöket på kliniken som hade tryckt upp öppningen.

Och nu lyckades hennes skräck och äckel inför den avskyvärda handling hon begick med Tommy ute i verkligheten trycka in en kil i sprickan så hon kunde passera över gränser som normalt aldrig ens berörde varandra.

Förnedringen hade låtit henne tränga in genom sig själv, och samtidigt ut i något som låg bortom.

Att hon knappt kunde röra sig måste bero på den

trånga spricka, eller djupa brunn, som hon var fångad nere i. Det enda rörelseutrymmet fanns uppåt, utåt, bort från mörkret, tillbaka till misären i lägenheten.

Och dit ville hon inte än, trots att hon här uppfylldes av en annan form av skräck. Först ville hon veta. Hon ville se skepnaden igen och höra hela dess budskap. Hon ville veta vem som skulle dö.

Bara det inte är Jessica. Herregud, låt det inte vara Jessica.

Från rummet intill hördes ett svagt knastrande ljud och ett mörker tog sakta form i dörröppningen. Som insvept i strömmar av svart bläck i vatten syntes den bleka kvinnoskepnaden hon sett i tavlan på galleriet närma sig likt en akvatisk gengångare. Det klafsade fuktigt när den närmade sig och hon kände tydligt hur det luktade hav och salt i rummet.

Nu när varelsen inte var instängd av tavlans begränsande ramar kunde den sträcka ut sig framför henne, som om den hade flera långa armar och grova känselspröt som försvann bort i mörkret bakom den. Varelsen öppnade sig och svävade nästan snett ovanför henne som en ängel med fenor istället för vingar.

Gabriella var rädd, men inte panikslagen. Hon kände en viss trygghet i att befinna sig i mattans komplicerat vävda geometri, det var som om den utformats för att hålla henne säker, som om hon stod i ett skyddande sigill. Mattans mönster gjorde henne trygg.

Det gnisslade och skavde i huset runt henne medan varelsen närmade sig. Hon såg att dess hud egentligen var ett skal, genomskinligt och diffust, som kapslade in en skymtande blekt vit androgyn kropp i centrum av alla andra lemmar och utväxter.

Gabriella försökte tala, men det var som om hon tappat andan, lungorna lydde inte, stämbanden vägrade spänna sig.

Istället stannade skepnaden framför henne och hon hörde en ljus viskning.

"Han kommer genom mörkret för att hämta dig, Gabriella. Han kommer efter dig vad du än gör. Han kommer hinna ikapp dig och du är maktlös inför de figurer av ljus som tagit lejonet i besittning. Han dräper dig som han dräper sin dotter. Han spräcker ytan och fyller dig med sporer... Söndrar ditt skinn, tömmer ditt blod, gör dig ofullständig i tomheten. Du är ett sprucket kärl och ditt liv rinner ut i mörkret..."

Det var en verklig röst. Gabriella var säker på att det inte var inbillning eller något hennes hjärna konstruerat, hon hörde rösten med sina öron, hon såg varelsen med sina ögon, den fanns inte bara i hennes huvud.

Den måste komma utifrån, för om den fanns inne i henne skulle hon aldrig slippa undan den. Hon fasade för den tanken. Rösten var trög och stickande, orden klöste inom henne, fick henne att lyckas göra ett ljud genom att dra in andan med ett skrik, som om hon översköljdes med iskallt vatten.

Plötsligt kände hon att det fanns någon mer i rummet. Någon stod bakom henne, men hon kunde inte vända sig om. Närvaron var så tydlig och hon kände paniken återvända. Hon fick en plötslig smak av umami i munnen och märkte att hon saliverade kraftigt.

Hon försökte se bakåt, men det började bara flimra

framför hennes ögon av ansträngningen. Ett suddigt ljussken började breda ut sig runt henne och det kröp och dallrade som om en massa av små myllrande spindlar trängde sig in mot mitten av hennes pupiller.

Precis innan hon gled bort ur labyrintmattans grepp hörde hon en okänd, torrt knarrande mansröst bakom sig. Den fyllde henne med fullt adrenalinpåslag och hon skrek högt när hon hörde vad den sade.

Hon kände röstens varma andedräkt mot nacken när den talade:

"Gabriella", sa den rakt och konstaterande. *"Jag kommer att döda dig."*

23

Gabriella låg över köksbordet i den nedgångna lägenheten medan Tommy stod framför henne med byxorna nedhasade till anklarna och det slaka könet dinglande i luften bredvid henne. I vardagsrummet pågick fortfarande fotbollsmatchen medan ljuden från sovrummet hade tystnat.

Tommy stod rak i ryggen, med magen indragen och stirrade intensivt framför sig, mot spegelbilden i det mörka persienntäckta fönstret. Med sitt pekfinger ritade han något på fönstret med en kladdig och blank vätska. Sedan tycktes blicken förlora fokus och ögonvitorna vändes upp så pupillerna bara syntes darrande strax under ögonlocken.

"Söndrar ditt skinn...", mumlade han, *"...tömmer ditt blod, gör dig ofullständig i tomheten, besvärjer din kropp*

under sig... Du blir ett kärl att förvara hans mörker i. En
multnande, kaotisk mylla för det som sedan ska växa och
svälla på en bädd av offerkött..."

Sedan ryckte han till och tystnade tvärt, som om något överraskat honom. Han backade från fönstret och såg förvirrad ut för några sekunder. När han sedan insåg att Gabriella hade kommit till medvetande igen fokuserade han snabbt på henne och klämde fast sin grova näve i ett strypgrepp om hennes hals. Hon försökte vrida sig loss och började sprattla i panik när hon inte fick någon luft.

"Svälj inte förrän jag är klar", skrek han och stirrade skärrat på henne. "Svälj inte! Om du lovar att inte svälja släpper jag, förstår du? Nicka om du förstår!"

Gabriella slutade kämpa och genomfors av astmaliknade kramper när hon nickade hysteriskt och Tommy började släppa greppet tillräckligt för att hon skulle kunna dra in nytt syre i lungorna.

"Sväljer du slår jag ihjäl dig", sa han kallt och släppte greppet när han såg att hon tänkte lyda.

Han vände sig mot fönstret igen och hon kämpade med att få andningen under kontroll. Risken att hon skulle svälja slemmet hon hade i munnen var minimal. Risken att hon skulle kräkas var desto större, hon fick kämpa för att inte reflexen skulle spruta vätskan tillbaka ut över det patetiskt dinglande könet framför henne.

"*Han står bakom dig*", mumlade Tommy vänd mot spegelbilden igen, nästan som om han pratade med den. "*Du kan inte hejda honom... Raseriet har tagit över honom, driver honom till det... Du är redan här, vi är tillsammans, vi växer i mörkret. Vi är hemma här utanför ytan. Vi känner mörkret nu. Han bär död med sig och han stinker av mögel...*"

Sedan tystnade han och slappnade av lite. Andades ut och magen gled sakta ner från sin indragna position. Det var som om han släppte taget om spegelbilden och lät den han kommunicerat med gå. Istället vände han sig till Gabriella igen. Klappade hårt på hennes kind för att få hennes uppmärksamhet.

"Lyssna på mig nu", sa han till henne. "Jag har spräckt dig. Öppnat en glipa i din hinna till verkligheten. Jag har gjort det förut, men jag har aldrig sett nåt liknande. Det var bara mörker i dig. Kolsvart jävla mörker. Du är som en skugga inombords. Du har ett levande mörker inom dig. Det var omöjligt att hitta dig därinne, det enda jag kunde läsa ur dig var att något jävligt illa kommer hända, du är insnärjd i ett kaos bortom kontroll. Du är upplöst som larven i en kokong. Det kommer gå rakt åt helvete för er allihop om du inte tar dig ut."

"Men...", försökte Gabriella säga när vätskan i hennes mun började rinna i sega strängar ur mungiporna.

"Stäng munnen och svälj nu. Annars kommer du inte ens att ta dig härifrån."

Hon blundade kämpade mot kväljningarna i flera sekunder innan hon kunde svälja.

"Svälj nu och sluta fåna dig", sa Tommy medan han hämtade en rulle hushållspapper på köksbänken. "Du gjorde väl värre grejer än så här med Erik, va? Riktigt perversa fetisch-grejer, eller hur?"

Han torkade sig ren och rev sedan av en bit papper till Gabriella som förvirrat torkade sig om munnen. Hon verkade inte ha uppfattat det sista.

"Vad var det du viskade till fönstret", undrade hon istället desperat och försökte resa sig upp från bordet med darrande armar. Benen ville knappt bära henne och hon trodde att hon skulle kunna svimma när som helst. Tommy drog upp byxorna och satte sig vid bordet innan han svarade.

"Jag sa att du suger bättre än det där våpet inne i sovrummet", svarade han och försökte dölja att han trots allt blivit skärrad av vad han sett.

"Nej, du sa samma sak som jag hörde därinne, innan jag kom tillbaka."

"Det kanske var nåt som följde med dig tillbaka hit. Jag vet inte vad det var."

"Men hur kan du säga samma sak som jag hörde?"

"Inte vet jag, men det brukar funka så. "

"Men såg du inget mer?"

"Inget förutom kompakt mörker. Du är den första jag inte kunnat läsa något vettigt ur... Den första någonsin."

"Men jag var i ett hus och det var en skepnad där... Och någon mer..."

"Om det fanns nåt var det bara du som såg det."

"Du skulle ju hjälpa mig."

"Det är inte mitt fel att du är helt frigid och oläsbar som en jävla mussla. Du måste släppa loss lite, var inte så jävla pryd."

"Jag är inte pryd."

"Det är du visst. Det räckte med ett munknull för att du skulle knäckas. Jag har aldrig varit med om någon som var så lätt att öppna. Det brukar krävas avsevärt grövre saker", sa han och höll upp sin näve.

"Vad menar du ", frågade Gabriella mer förskräckt än hon avsett.

Tommy skrattade och såg road ut. Han hade nu samlat sig från upplevelsen och behövde inte spela längre.

"Det är mitt yrke att trigga dig. Varför gillar du inte att suga?"

"Det är så äckligt", mumlade hon och rodnade igen.

"Nej, det ligger nåt mer bakom. Var det nåt Erik gillade?"

"Sluta prata om Erik", skrek hon plötsligt gällt.

"Varför då? Vad var det som hände mellan er? Vad gjorde du..."

"Det har inte du med att göra!"

"Men det har något med allt det här att göra. Varför är Erik så viktig? Vad är det med honom som skrämmer dig?"

"Det är han som ska döda mig!"

Tommy ryggade tillbaka inför Gabriellas plötsligt uppflammande utbrott. Hon kastade sig mot honom och fräste med blottade tänder som om hon tänkte bita honom i ansiktet.

Han lyckades kasta undan henne och hon föll över soppåsarna längs väggen.

"Uppför dig", utropade Tommy tillfälligt ur balans och muttrade sedan: "Jävla hora."

"Det är Erik", mumlade Gabriella och låg kvar på golvet. "Han kommer efter mig igen. Han har inte gett upp. Han springer fortfarande efter mig. Han ska döda mig."

"Res dig upp", försökte Tommy beordra, men han

hade förlorat all kontakt med henne.

"Allt faller samman igen. Allt skulle ju bli bra. Jag trodde han var borta. Måste han komma nu? Och Jessica! Stackars Jessica, varför måste han ge sig på henne?"

Tommy lät henne ligga på golvet och fyllde på sitt kladdiga glas.

"När du är klar kanske du hittar ut själv", sa han och gjorde en ansats att lämna köket. "Jag tänkte se färdigt matchen."

"Nej, vänta", sa Gabriella plötsligt och verkade komma till sans igen.

"Du kan gå nu", sa Tommy.

"Kan jag få ett glas vatten först?"

"Nej. Jag vill att du åker hem och kysser din man först. Den här sessionen är inte slut än. Jag ska följa dig hem och ta mig över till hans mun, det ingår i processen. Vår koppling upphör inte förrän du gjort det. Sen får du göra vad du vill. Borsta tänderna, skölja munnen med Klorin kanske?"

Han väste kort och tog sig för halsen innan han flinade nedlåtande igen.

Gabriella såg sig om för att se om hon lämnat kvar något och fick då syn på kladdet som blänkte på fönstret. Det såg bekant ut.

Hon tog ett steg närmare och insåg att det var samma symbol som hon hade ritat med blod på tavlan under episoden i galleriet.

"Och det här då", frågade hon. "Vad är det här?"

"Ingen aning."

"Men varför ritade du det?"

"Det var du som ritade det. Jag har aldrig sett det förut."

"Jag såg dig rita det."

"Jag såg *dig* rita det. Du är visst helt förlorad du."

"Men vad betyder allt det här. Ska jag dö?"

Tommy svarade inte först. Istället suckade han och tog fram en ny cigarett.

"Ska jag dö", framhärdade Gabriella.

"Det verkar så", sa Tommy utan att se på henne.

Hon förstod att han menade allvar och hade inte kunnat bli mer kall inombords om hon så fått höra av sin läkare att hon hade HIV.

Utan ett ord backade hon ut mot hallen.

"Kom ihåg att du är öppnad nu", ropade Tommy och kom efter henne ut i hallen. "Inget kommer vara detsamma längre. Förseglingen är bruten, garantin gäller inte längre. Säg tack för vätskorna jag bjudit på."

"Tack...", mumlade hon.

"Vad sa du?"

"Tack för vätskorna."

"Så ska det låta. Du kommer att komma tillbaka när du vill ha mer", sa han och sträckte fram handen.

Hon skakade den pliktskyldigt utan att se på honom och började sedan ta på sig skorna.

Samtidigt öppnades sovrumsdörren och omgiven av en doft av sex kom Jenny ut i hallen. Hon var rödsvettig i sin morgonrock och skyndade förbi Gabriella, in i köket där hon hällde upp ett glas vin ur en bag-in-box hon hade bredvid kylen.

"Häll upp åt mig också", sa Tommy och flinade igen.

"Det har jag förtjänat."

Gabriella öppnade lägenhetsdörren och gick utan att säga ett ord. Hon stängde inte ens dörren efter sig. Medan hon gick nedför trappan hörde hon Tommy ropa något som förvreds till obegriplighet av ekot i trapphuset.

Sedan smällde han igen dörren och det blev tyst så när som på Gabriellas snyftande. Hon stannade halvvägs i trappen och samlade sig innan hon fortsatte.

När hon kom ner på bottenvåningen såg hon en kostymklädd man med hatt stå med ryggen mot henne utanför dörren. Det såg ut som han stod och väntade.

Gabriella ville inte möta någon, hon ville inte att någon skulle se hur nära hon var att börja gråta, så hon stannade i trapphusets mörker och avvaktade, önskade att mannen skulle ge sig iväg nån gång.

Efter bara en liten stund verkade han få syn på någon och begav sig snabbt iväg bort över gården.

För att vara säker på att få vara ifred väntade hon några minuter innan hon smög ner de sista stegen och begav sig ut i sommarnatten.

Sedan blev det tyst mellan stentrappstegen med sina fossiler och de gultonade betongväggarnas slarviga schablonmönster.

24

Förortens kompakta tegelbyggnader tryckte tungt mot Gabriella i den evighetslånga sommarskymningen och gjorde det svårt att andas. Hon drog små klunkar syre ner i lungorna och hann knappt låta alveolerna vädras rena från koldioxid förrän andetagen pressades ut som i kramp.

Miljonprogrammet hon rörde sig genom hade från början gett barnfamiljer en billig bostad. Nu hade områdets status sakta börja sjunka. Bostadsrätterna hölls fräscha medan hyresrätterna blev allt mer fyllda av fattiga, missbrukare och socialvårdens lägenheter för psykiskt sjuka.

Gabriella halvsprang ut från gården, ut mot parkeringen bredvid de bruna garagelängorna. Bland de gamla och slitna fordonen stack hennes välputsade Alfa Romeo ut rejält. Det var knappt så hon hade vågat ställa den på en plats där de flesta andra bilägare knappast brydde sig om en repa i lacken eller ytterligare en buckla i plåten.

När hon äntligen fick sätta sig i bilen och låsa dörren efter sig drog hon djupt och hastigt efter andan innan hon försökte lura kroppen att slappna av med en långsam utandning. Sedan satt hon och lyssnade på den susande tystnaden i sina öron.

Hur kunde världen vara så tyst när den nyss varit så kaotisk. När det nyss hänt så oerhörda saker. Hela världen var förändrad och ändå densamma.

Allt hon varit med om virvlade omkring inom henne i ett nästan schizofrent innehåll där hon knappt hade någon kontroll över sina egna tankar. De skenade runt och gick inte hålla fast vid, hon kunde inte koncentrera sig på en viss händelse, en viss tanke, allt bara strömmade vidare varv på varv.

Hon fortsatte andas djupt och långsamt. Precis som

hon hade lärt sig på någon av alla yoga-kurserna hon hade gått på något år tidigare, då när hon hade haft tid och mådde bättre. Det var ironiskt, nu när hon verkligen skulle behöva avslappningsövningar blev hon stressad av bara tanken på att meditera.

Skulle Karl se på henne vad hon hade gjort när hon kom hem? Skulle han förstå att hon varit hos en främmande man, tagit emot honom, motvilligt, men frivilligt? Kanske borde hon berätta, berätta om vad hon sett på konstutställningen, berätta vad skepnaden hade sagt. Men han skulle förstås inte tro henne, han skulle bara tänka logiskt och hitta bortförklaringar som Henrik. Dessutom skulle han bara bli orolig. Och så skulle han bara fokusera på vad hon tagit i munnen och bli svartsjuk.

För att samla sig tog hon tag i ratten, rätade på ryggen och fokuserade helt på andningen några minuter. Hennes ögon fastnade på hastighetsmätaren och varvräknaren på instrumentpanelen framför henne. De stirrade på henne som två stora ögon. Såg på henne och visste vad hon hade gjort. Hur snuskig hon hade varit. Det var så hon skämdes och tittade bort. Till höger satt tre runda fläktöppningar och ytterligare tre mätare. Åtta cirklar såg hennes skam. Det var som om bilen var en gigantisk spindel som betraktade henne. Hon uppfylldes för ett ögonblick av ögonen och åtta vidhängande håriga spindelben.

Sedan blundade hon och gned sig i ansiktet för att få bort tanken. Fällde ner solskyddet och öppnade luckan till den lilla spegeln. Betraktade sina röda ögon och det utsmetade sminket. Sakta kom hon tillbaka till verkligheten och tog fram några servetter ur handskfacket och torkade bort svärtan runt ögonen.

Några minuter senare var hon i hög fart på väg bort från det rostbruna bostadsområdet och allt det representerade för henne. Hon tänkte aldrig åka dit igen. Tommy hade fel, hon skulle aldrig åka tillbaka dit, hon ville inte ens se området igen. Hon ville knappt finnas kvar i samma stad längre.

Kanske kunde hon ta med Karl och Jessica och äntligen flytta någon annanstans. Det var dags nu. Den här lilla staden var väl inte allt som fanns. De kanske skulle få det bättre med en nystart på annan ort. Hon och Karl skulle kanske få mer tid för varandra.

Hon skulle kunna lämna mörkret och hotet om död bakom sig.

Men Karl hade sitt jobb och det var känsligt för honom. Jessica gick i högstadiet och ville knappast byta klass inför sista året.

Det var nog bara Gabriella som ville flytta insåg hon. Det var omöjligt nu. Det skulle aldrig gå.

Och hur skulle de kunna hinna det när barnet snart var på väg?

Tankarna virvlade vidare och när den torra mansrösten återkom inom henne snabbade andningen på igen. Paniken lyste i hennes ögon.

"Jag kommer att döda dig."

Hur någon kunde säga dessa ord så lugnt och sakligt begrep hon inte. Ett sånt hot måste skrikas fram. Spottas och sväras fram. Röstens lugn var nästan mer obehagligt än själva orden.

Gabriella insåg att hon inte kunde åka hem riktigt än.

Så istället för att svänga höger i rondellen vid köpcentret och ta närmaste vägen hem till de betydligt bättre ansedda bostadsrätterna i stadsdelen där hon bodde, svängde hon vänster och letade sig förbi McDonalds ut på motorvägen och försökte rensa hjärnan genom att trycka gasen i botten.

Det var tomt på övrig trafik så med ett krampartat grepp om ratten kom hon med sin kraftfulla bil snabbt upp över 200 kilometer i timmen.

Hastigheten och koncentrationen trängde undan hennes kaotiskt snurrande tankar. Det var effektivare än all yoga och meditation. Bara låta farten skölja in och spola bort skräcken och det kvardröjande adrenalinet med en flod av endorfiner lössläppta av den råa fysiska kraftens upphetsning.

Fortare och fortare nästan svävade hon fram över asfalten och kände musklerna i underarmarna spännas medan händerna knöts allt hårdare om ratten.

Vägen och omgivningen blev snart suddig runt henne då hon pressade upp bilen i toppfarten runt 240 och snart började rörelseoskärpan leta sig in mot det smala, skarpa området mitt över vägen där hon rusade fram.

Hon koncentrerade sig så hårt på att styra att hon inte längre uppfattade några medvetna tankar. Hon uppfylldes av rörelsen, förflyttningen, hastigheten.

När tårarna plötsligt brast fram utom kontroll förlorade hon synen helt och allt blev ett blinkande sudd framför henne.

Instrumentpanelen, backspeglarna, vägen – allt försvann ur hennes synfält. De tvära, intensiva tårarna förblindade henne och hon insåg att de inte gick blinka bort. Det kändes som en våg av is pressas ut från hennes hjärta över hela kroppen när hon förstod vad som skulle kunna hända om hon körde av vägen i den extrema hastighet hon nu färdades i.

Instinktivt tryckte hon på bromsen och drog hårt i ratten som om det var tömmarna till en skenande häst. Däckens gummi slets rasslade och ABS-rytmiskt loss av den oförlåtande skrovliga asfalten.

Gabriella kastades hårt fast i säkerhetsbältet och hängde nästan hjälplöst med tårar som föll rakt framåt och träffade vindrutan. Det var som när hon böjde sig över Tommys köksbord och grät.

På något sätt lyckades hon vinglande hålla bilen kvar på vägen i ett moln av rök tills den stod helt stilla i en dimma av bränt gummi.

Där blev hon sittande i chock några sekunder innan hon lyckades bända loss de krampande fingrarna från ratten. Bilen stod tvärs över vägbanan med fronten nästan tryckt mot mitträcket.

Desorienterad grät hon med en känsla av hopplöshet, svagt medveten om att hon blockerade motorvägen, men oförmögen att göra något annat än att låta tårarna flöda färdigt.

Om det kom en bil och hon stod kvar skulle den förmodligen aldrig hinna stanna. Antingen skulle den få svänga ut i diket eller så skulle den krascha rakt in i hennes sida.

Antingen skulle hon dö eller så skulle den andra föraren dö, det förstod hon. Ändå förmådde hon inte göra något.

Förnedrad och besviken lät hon de krossade känslorna rinna ur henne i en strid ström. Hon kände sig smutsig och utnyttjad, skräckslagen över att hon gjort något hon avskydde och bara hade gjort med Karl en enda speciell gång, dessutom utan att ens få den hjälp av Tommy hon hade förväntat sig i utbyte.

Alla motstridiga känslor, krossade förhoppningar, oväntade nederlag, blandades ihop och rann i form av saltvatten ur hennes ögon.

På något sätt kändes det bra att gråta. Det renade henne på något sätt. Tvättade bort den värsta smutsen från hennes kropp, från hennes ansikte, och rensade de värsta knutarna ur magen. Det var mer befriande än när hon grät med Henrik. Det hade varit en bäck, detta var en flod.

När det efter en stund var över fann hon sig renad för tillfället. Skammen och obehaget hade tryckts tillbaka och hon gned bort tårkladdet från sina kinder med översidan av handen.

Då upptäckte hon lyktorna på en bil som plötsligt närmade sig bakifrån. Under några få men långa sekunder tvekade hon. Bilen kom i hög hastighet, med full kraft. Den skulle krossa hela sidan på hennes Alfa Romeo. Hon skulle krossas med den. Det skulle förmodligen gå väldigt fort. Vad lättsamt det skulle vara att bara sitta kvar en stund och bli befriad. Slippa tänka och gråta mer.

Då skulle allt bli som det borde vara.

Men sedan kom hennes logiska hjärna in med bilder hon sett i tidningarna av förvriden metall i krossade vrak från trafikolyckor. Hon tänkte på trauma och akutmottagningar, blod och avslitna kroppsdelar, förlamning och att överleva som ett kolli.

Hon tänkte på Jessica och på henne som snart skulle komma.

Det fick henne att kasta i backen och trycka alldeles för hårt på gaspedalen. Med spinnande däck började hon sakta backa mot vägrenen.

Trots att den andra bilen bromsade häftigt närmade den sig mycket snabbt och en helt annan sorts rädsla än den som funnits i Gabriellas blick hela kvällen brann nu i hennes ögon. Det var en mer omedelbar och påtaglig skräck än den långsamt glödande ångest hon burit sedan hon ringde på Tommys lägenhetsdörr.

Hon varvade paniskt motorn och backade medan hon vred på ratten så att bilen krängde runt och ut i körfältet igen. Där släppte hon kopplingen för hastigt och motorn tvärstannade. Den häftiga manövern förde henne en bit åt sidan men bilen stod fortfarande halvvägs över körfältet, fast nu vänd åt andra hållet.

Gabriella, som trodde att hon bara hade sekunder kvar att leva, försökte skydda huvudet med armarna när den förväntade kollisionen bara var några meter från henne.

Hon såg den andre förarens ansikte, stelt av skräckfylld ilska och fullständig koncentration. Ansiktet, en medelålders mans, brände sig fast på hennes näthinna som en stillbild och hon började skrika okontrollerat.

Nu skulle hon dö. Han kom ur mörkret. Snart var det över.

Med bara några centimeter till godo på sidorna lyckades mannen klämma sig mellan Gabriellas bil och mitträcket, fortfarande med så hög hastighet att hela hennes bil krängde kraftigt i vinddraget.

Aggressivt tutande accelererade mannen sedan han passerat och försvann vidare bort i skymningsljuset utan att stanna för att se vad som hade hänt.

Hennes hjärtskärande skrik hade tonat bort, hon var knappt medveten om att hon överhuvudtaget gett något ljud ifrån sig.

Hon var inte död trots allt. Än var det inte över.

För tillfället något lättad startade hon bilen, svängde försiktigt runt bilen och ställde sig så långt ut på vägrenen hon kunde.

Hjärtat pumpade adrenalin igen, men den här gången kändes det annorlunda än när hon var hos Tommy. Nu var hon glad att hon överlevt. Chocken över den nära förestående krocken fick henne att dra sig upp ur den svarta misär hon sjunkit ner i under besöket i lägenheten.

Hon förstod i alla fall att hon inte ville dö.

Hon skulle kämpa.

På något sätt skulle hon hitta ett sätt att överleva. Hon skulle skydda Jessica och ingen skulle få röra någon av dem.

Ur handväskan på sätet bredvid sig tog hon fram sin mobil och skrev snabbt ett sms: "Det är på riktigt Henrik.

Men jag vill inte dö. Jag vill inte dö!!! Saker händer som jag inte kan kontrollera. Jag mår väldigt, väldigt dåligt. Ring inte, hörs i morgon."

Därefter skickade hon meddelandet till Henrik och la tillbaka telefonen i väskan.

Sedan tryckte hon gasen i botten.

Hon ville bara hem.

Glömma Tommys äckliga hånskratt.

Glömma rösten som talat till henne.

Inte tänka på det mer nu.

25

När Gabriella smög in i hallen hoppades hon att ingen skulle märka att hon kom hem. Teven stod på i vardagsrummet och från Jessicas rum hördes dämpad musik. Det fanns alltså en chans att hon skulle hinna ända till badrummet innan någon upptäckte henne.

Hon kände sig förändrad, hon var inte längre samma person som lämnade lägenheten. Hon var blottad och spräckt och ville inte att någon skulle se henne förrän hon kunde täcka över det hål i henne som Tommy hade öppnat.

Nu hade hon ännu fler lögner som växte mellan sig och Karl.

Det var för mycket att hantera på en gång och hon kände sig naken, utan skydd, utan känslomässig vaddering.

Hon hann bara halvvägs genom hallen innan Karl kom ut ur vardagsrummet.

"Jag tyckte väl jag hörde nåt", sa han och stannade upp.

Vilken dag som helst hade hon blivit glad över att se sin älskade make. Utom idag. Nu ville hon bara vara ifred.

"Oj, vad du ser trött ut", fortsatte han när han inte fick nåt svar. "Hoppas du får bra betalt för i kväll."

"Ja, det blir bonus på det här...", mumlade hon och tittade ner för att slippa se honom i ögonen.

Då stelnade hon plötsligt till och kunde inte sluta stirra på sina fötter. På strumporna hade det fastnat fullt med katthår från den ostädade lägenheten.

Gabriellas hjärna varvade snabbt upp. Tänk om han undrar var håren kommer från. Och Jessica som är allergisk, tänk om hon får en reaktion. Och nu kan hon ju inte köra strumporna i tvättmaskinen, då blir den full med hår, det fastnar på de andra kläderna, strumporna måste slängas. Men då kanske Karl hittar dem och undrar varför hon slängt dem. Då måste hon ha ett bra svar förberett. Annars skulle katten avslöja henne.

Innan hon hann reagera hade Karl kommit fram och gav henne en kram som hon knappt kom sig för med att besvara.

Sedan kysste han henne på munnen.

Först bara lite trevande över hennes hopknipna läppar, sedan med öppen mun.

Hon stod panikslagen och upptäckte att hon reflexmässigt svarade med att också gapa medan hans tunga desperat sökte kärleksfull kontakt med hennes.

Tårarna trängde fram i hennes ögon igen.

Med all sin kraft knuffade hon undan Karl och kräktes rakt ut över golvet.

Spyan plaskade ner över mattan medan Karl tappade balansen och smällde in i hallväggen.

Gabriellas mage krampade upp sitt innehåll i ytterligare tre-fyra kraftiga konvulsioner.

"Förlåt", viskade hon sedan och torkade sig om munnen. "Förlåt mig..."

"Men... Ingen fara...", sa Karl förvånat och gned bakhuvudet han slagit mot väggen. "Hur är det med dig, är du okej?"

"Nej... Förlåt, jag mår inte... Jag är magsjuk, jag har fått magsjuka..."

Då öppnades dörren Jessicas rum och Gabriella såg sin dotter stanna upp i dörren med skrämd blick.

"Vad är det som händer", frågade Jessica oroligt.

Det blev för mycket för Gabriella som med en illa dold snyftning sprang in på toaletten. Hon drog hårt igen dörren efter sig och låste. Hon vred på vattenkranen i handfatet för att dölja sina snyftningar och föll sedan hon på knä för att känna med händerna över golvet tills hon hittade varmvattenledningen hon visste fanns där nånstans under golvplattorna. När hon väl hittat den lade hon sig på den tröstande, varma remsan och kröp ihop i fosterställning.

Utanför dörren hörde hon Karl och Jessica prata, men hon lyckades inte urskilja vad de sa. Däremot lät det som om någon av dem öppnade städskrubben och började städa upp det ejakulerade maginnehållet från hallgolvet.

Så låg hon några minuter innan hon kravlade sig upp

och sköljde den brännande sura smaken ur munnen under vattenkranen innan hon blaskade av ansiktet och sjönk ner på golvet igen.

Efter en stund knackade Karl försiktigt på dörren.

"Gabriella? Är du okej?"

"Jadå, nu känns det lite bättre", svarade hon och försökte låta piggare än hon var. "Förlåt att jag ställde till det... Jag hann inte..."

"Det är bortstädat nu, tänk inte på det. Sånt händer. Vill du släppa in mig?"

"Jag behöver bara vila lite. Jag ska ta en dusch tror jag. Ja, jag känner mig lite ofräsch. Sen går jag och lägger mig."

"Okej", svarade Karl med ett sting av besvikelse över att inte få hjälpa henne. "Jag sätter mig vid teven så länge. Ropa om du vill att jag ska komma."

"Jadå, oroa dig inte, det känns bättre nu", svarade hon och ville bara bli lämnad ifred.

Hon satte sig på toalettstolskanten och började ta av sig kläderna. Långsamt, ett plagg i taget, utan brådska. Hon slängde strumporna i sopkorgen och lade ett lager papper över för att de inte skulle synas alltför mycket.

Till slut stod hon naken på golvet och stirrade på linjerna mellan golvplattorna. Det påminde henne om mönstret i mattan hon stått på och hon var tvungen att tvinga tankarna åt ett annat håll. Hon ville inte hamna där igen, hon ville låta alltihop vara, hon ville att allt skulle vara som vanligt istället.

Så hon lyfte blicken och undvek att titta i spegeln när hon passerade den. Vred på duschkranen och kände med handen tills värmen kom innan hon klev in i det blankt strilande vattenfallet som dånade ner i badkaret.

Fukten slöt sig om henne som en varm hinna. Hon isolerades från omvärlden, hon klev in i ett avskärmat rum. Ingen kunde nå henne, ingen kunde avlyssna henne eller se hennes hemligheter, hon var helt säker.

Vattnets beröring lugnade henne och efter några minuter kände hon sig varm och mjuk, den spända stelheten som låst hennes kropp hela kvällen löstes upp.

Hon lämnade sina upplevelser utanför duschstrålens radie och lät sin kropp återhämta sig på egen hand.

Äntligen upphörde världen utanför vattnet att existera för några sekunder.

Hon kunde känna ett par ögonblicks lugn trots det som hänt.

Det gav henne tröst.

Femte delen

26

Den fredagsmorgonen var egentligen som vilken fredagsmorgon som helst.

Karl hade klivit upp tidigt, ätit sin frukost och satt nu och med djupt rynkad panna och gick igenom dokumenten inför den viktiga presentation han jobbat med så länge och äntligen skulle hålla den dagen.

Jessica var inne på sitt rum och pratade upprört i telefonen med Veronica istället för att packa det sista i sin väska, trots att det började bli ont om tid innan Henrik skulle komma och ta dem med ut till sin stuga som de hade bestämt sedan länge.

Gabriella hade inte sovit överhuvudtaget den natten så hon hade gått upp tidigt och sminkat sig. Hon tvingade sig att titta i spegeln och insåg att sminket verkligen behövdes. Hon var hålögd, rynkig och en aning svullen. Håret hade förlorat sin lyster. Som om hon hade åldrats under natten. Som om åren hade kommit ikapp henne. Hon hade alltid varit vacker och tagit god hand om sig. De italienska männen hade dyrkat hennes skandinaviskt blonda skönhet när hon bodde i Napoli. Nu var det ett främmande ansikte hon såg i spegeln.

Hon brydde sig egentligen inte ens om det.

Men för att ingen skulle märka att något inte stod rätt till skulle hon bli tvungen att måla dit sitt eget ansikte över vems det nu var som satt där.

Helgens besök i Henriks stuga var även en täckmantel för embryotransfern på kliniken. Inför behandlingen hade Gabriella fått order om att inte tömma blåsan för att underlätta processen. Detta störde hennes morgonrutiner och hade i normala fall gjort henne på mycket dåligt humör. Nu var det bara ytterligare en plåga som lades till de andra.

Att de åkte med Henrik till stugan var inget konstigt, de brukade vara där ganska ofta. Gabriella och Jessica älskade stugan, skogen och stranden vid den lilla sjön. Karl hade bara varit där några gånger och hittade nog knappt dit ens. Han hade i början ansträngt sig för att kunna umgås med Henrik, men det hade aldrig riktigt funkat. Karls inneboende osäkerhet gjorde att han hade svårt att acceptera att Gabriellas bästa vän var en man.

När Gabriella var klar på toaletten, när hon tyckte att hon kände igen sina ljusblå ögon, sitt raka blonda hår och det försiktiga leendet hon målat fram, klädde hon på sig och drog med sig väskan ut i hallen.

"Då far jag", ropade hon med tillkämpat normal röst in mot köket där Karl satt. "Vi syns på måndag kväll."

Karl såg förvånat upp från sina papper som om han inte ens visste att hon var vaken.

"Åker du redan", frågade han och försökte dölja att han först inte kom ihåg vart hon skulle.

"Men har du redan glömt det? Hur står det till med minnet egentligen?"

"Jag har inte glömt, jag trodde bara inte klockan var så mycket", sa Karl och började samla ihop sina dokument.

"Du behöver inte stressa", sa Gabriella och försökte

låta omtänksam. "Du har gott om tid. Ta det lugnt nu, det kommer gå bra", sa hon och syftade på hans presentation.

Hon önskade att hon kunde berätta vart hon egentligen skulle. Vad hon egentligen skulle göra. Så att han kunde lugna henne och säga att det också skulle gå bra.

De var så upptagna av varsitt problem. Karl med jobbet, hon med sina lögner. Men snart skulle de kunna nå varandra igen. Barnet skulle rädda dem.

Gabriella hoppades att Karl inte märkte hur tom och hopplös hon egentligen kände sig när hon gick fram till fönstret och tittade ner mot parkeringen. Henriks bil stod redan där och väntade.

"Henrik är här nu", sa hon och återvände plötsligt stressad och orolig till väskan i hallen. "Kan du säga till Jessica att skynda sig."

"Jadå", sa Karl och reste sig upp. "Ha det så kul i helgen."

"Det ska vi", sa Gabriella dämpat och tog på sig skorna.

"Hälsa Henrik också", sa Karl motvilligt.

"Mmm", mumlade hon och gav honom en puss när han kom ut i hallen.

"Måste du åka nu?"

"Ja... Vad menar du?"

"Äh, om presentationen går bra kunde vi firat med nåt gott ikväll."

Karl lät besviken men Gabriella gissade att det mer handlade om att hon borde stanna hemma hos honom istället för att åka med Henrik.

"Det kan vi väl ta när jag kommer hem. Du behöver vila har vi ju sagt, stressa av. Ta det lugnt i helgen och låt kroppen komma ikapp. Försök att inte oroa dig och sov ordentligt. Vi har gott om tid att fira sen."

På något sätt kändes det som hon pratade med sig själv. Det var ju hon som behövde vila. Det var hon som behövde låta kroppen komma ikapp. Det var hon som behövde sova.

Och fira skulle de få göra tillsammans när Gabriella berättade.

När graviditetstestet äntligen visade positivt.

Då skulle de kunna fira.

Bara han inte märker att jag ljuger nu när det är så nära, tänkte hon och tog sin väska och öppnade dörren.

"Vi ses på måndag då som sagt", sa hon och lämnade lägenheten med en obehaglig känsla av att det var sista gången.

I hissen på väg ner började hon gråta. Det syntes knappt på henne. Det kom inga tårar den här gången. Bara den ryckiga andningen och de blanka ögonen avslöjade henne.

Hon önskade att Karl hade kunnat följa med henne.

Nu skulle hon bli gravid och han var inte ens med.

Att Jessica och Henrik visste allt hjälpte inte. Hon kunde inte avslöja för någon av dem hur hon egentligen kände. Hon var tvungen att låtsas att det inte alls var jobbigt, att allt var som det skulle. Var är min vän som följer med som stöd, tänkte hon, var är min vän som kramar mig och stryker mig över ryggen när jag gråter? Hennes tankar mörknade så snabbt att hennes ansikte tycktes förändras.

Ur hennes inre regnoväder nalkades åska.

Ingen skulle vilja vara min vän om de visste hur jag såg ut inuti. Jag kan inte släppa någon nära utan att förgifta dem. Jag har inga normala förtroenden att dela, bara smuts. Jag skulle smutsa ner dem med min närvaro. De skulle avsky mig om de visste.

Tänk om alla är så svarta och äckliga inombords. Tänk om det inte bara är jag. Alla kanske ljuger och har hemligheter som är ännu värre än mina. Alla kanske försöker kontrollera sin omgivning, alla kanske manipulerar dem de älskar.

Vilken avskyvärd art vi tillhör i så fall.

Gabriella ville inte vara ledsen längre. Nu när allt nästan var över borde hon ju vara glad.

Men det var svårt att vara glad när man visste att man snart skulle dö.

Hon tvivlade inte på sina upplevelser. Hon kände inom sig att det var sant. Det gick inte förklara, det bara var så. Visionerna hade berättat det för henne. Han skulle komma efter henne ur mörkret. Hon skulle dö.

Bara jag får se barnet först, tänkte hon. Jag vill se in i hennes ögon, jag vill se henne le en gång, jag vill se Karls min när han håller henne för första gången.

Är det för mycket begärt?

Tänk att Jessica skulle få ett syskon till slut. Hon som tjatade så om det när hon var liten. Så besviken hon hade blivit när Gabriella till slut berättade att hon steriliserat sig och inte kunde få något mer barn.

Stackars Jessica. Hon hade inte haft det lätt. Först att

inte få växa upp med sin riktiga far och sedan den ständiga friktionen mellan henne och styvfadern Karl. Tänk om det nya lilla livet får det lika jobbigt? Hur blir det att växa upp utan mor? Kan Karl ta hand om henne själv? Kan Jessica hjälpa honom?

Det var en svår tid som väntade. För dem allihop. Ändå existerade inte ens tanken på att hon kanske borde avstyra det hela.

Det fanns bara en väg nu.

Hissresan var som en passage. En bro till framtiden, en tunnel genom muren mot det förflutna. Hon reste bort från mörkret.

På något sätt skulle hon i alla fall ta sig fram.

Hon satte sig i framsätet och när Jessica dök upp några minuter senare vinkade hon upp mot köksfönstret där hon visste att Karl stod och tittade på dem.

27

Redan när hon bytte kläder i det lilla rummet på kliniken kände Gabriella att något inte var som det skulle. Det var en närvaro som hon inte kunde skaka av sig. Någon fanns i närheten, kanske i rummet bredvid, som inte hörde hemma där.

Hon tittade i garderoben, under sängen och inne på den lilla toaletten. Fysiskt var det bara hon där. Ändå höll hon ryggen mot väggen och ett öga på dörren.

När sköterskan kom och hämtade henne frågade hon:

"Hur känns det idag då?"

"Jag är kissnödig."

"Ja, det ska du vara. Är du nervös?"

"Nej. Jo. Kanske lite. Du, saknas det några läkarrockar?"

"Nej, hur menar du då?"

"Det kan vara någon här som har stulit en och utger sig för att vara läkare."

"Nejdå, det är ingen risk, du behöver inte vara orolig. Allt är som det ska här", sa sköterskan tröstande som om hon var van att patienternas oro tog sig paranoida uttryck.

"Men tänk om det kommer en falsk läkare då?"

"Jag känner alla som jobbar här, så det är ingen fara. Vi har fullständig kontroll över vad som händer här."

"Är du säker på det?"

"Du kan vara helt lugn. Oroa dig inte. Det här kommer gå så bra. Äggplocken gick ju jättefint, och det här är ännu enklare. Inga sprutor den här gången. Det är över på tio minuter och sen är allt klart! Försök slappna av bara."

"Ja, du har nog rätt. Men du kan väl hålla ögonen öppna efter nåt som inte står rätt till."

"Jag ska vara observant", försäkrade sköterskan och visade henne in i rummet med gynekologstolen.

Smärtan från fem dagar tidigare satt kvar i väggarna. Det var som om hon kände doften av sin egen skräck. Den luktade bittert. Som gammal unken säd, tänkte hon och lade upp sina särade ben på stöden. Hon upplevde att hela fertilitetskliniken stank av sperma.

"Om det här lyckas", sa hon i förtroende till sköterskan som fortfarande stod bredvid henne, "om jag slipper komma hit igen, så ska jag göra vad som helst för Karl. Jag låter honom ta mig som han vill. Bara jag slipper komma hit en enda gång till, så tar jag honom i munnen hur många gånger som helst."

"Du behöver inte vara orolig", svarade hon återigen som om hon var van att höra konstiga saker sägas av nervösa patienter.

Ett svagt vinddrag smekte Gabriellas blottade kön och läkaren kom in i rummet. Hon hälsade på Gabriella och strax därefter stirrade de alla tre på ultraljudsskärmen där de kunde följa katetern som trängde längre och längre in i hennes inre hålighet.

Hålighet, helighet, och ett litet mirakel därinne, tänkte Gabriella och fnissade lite innan det började krångla till sig.

Läkaren kunde inte föra in katetern riktigt rätt och behövde trycka på hennes mage för att komma åt. Hon tryckte och lirkade, allt hårdare, över urinblåsan, medan Gabriella kvidande behövde kämpa för att hålla sig.

Hon fokuserade på tanken att det här var det sista hon behövde genomlida. Om några minuter skulle hon vara färdig. Snart skulle hon få resa sig upp och klä på sig. Hon skulle gå därifrån med ett barn i magen. Bara någon vecka fram i tiden skulle hon kunna visa det positiva graviditetstestet för Karl och det skulle uppväga allt hon gått igenom.

Det här var egentligen en lycklig stund, men allt hon kunde tänka på var att inte kissa på sig.

Hon hade föreställt sig det här ögonblicket som något

vackert och rofyllt. Hon hade tänkt sig att det skulle ske med ett lyckligt leende på hennes läppar. Hon hade aldrig förstått hur svettig och klibbig hon skulle bli, hur läkaren skulle trycka och pressa på hennes buk för att få in katetern, det opersonligt hårda, plastiga könssubstitutet, att rummet skulle vara så obehagligt sterilt och opersonligt.

Det var inte alls som när Jessica blev till.

Erik hade varit..., började hon tänka när plötsligt katetern gled in rätt och det gick som en kort, skarp stöt av smärta genom hela hennes kropp.

Nu hade Gabriella inte bara spräckts mentalt, nu var hon fysiskt öppnad ända in i sitt innersta.

Hon förstod samtidigt vad det var som var fel både i ombytesrummet och operationssalen. Det var Eriks närvaro hon kände. På något sätt var han närvarande, som ett hot bakom ryggen. Och hon kunde inte vända sig om för att se efter. Hon rös till som om hon för ett ögonblick kände hans andedräkt i nacken. Sedan genomsyrades hela rummet av hans närvaro. Blotta tanken på honom hade manifesterat honom.

Trycket på magen och den korta, skarpa smärtan, i kombination med den förvirrade tanken på att vara uppfylld av Erik som nu skulle göra henne gravid igen, fick henne att tappa koncentrationen.

Hon skrek till och började rodnande att gråta när hon kände att hon förlorat all kontroll över blåsan.

"Det skulle ju vara vackert!", kved hon besviket medan urinen forsade ut mellan hennes ben.

"Det skulle ju vara vackert..."

28

När Gabriella hade duschat och torkat sig satt hon på den lilla britsen i omklädningsrummet men förmådde inte klä på sig.

Det var något som saknades.

Nu var hon förmodligen gravid och allt det jobbiga var över. Men något saknades.

Hon kände ingen lycka. Hon kände ingenting.

Allt var precis likadant som det hade varit den senaste tiden. Inget hade förändrats.

Det kändes som det behövdes något mer innan det var färdigt.

Sakta lade hon sig ner på britsen och försökte slappna av. Hon var utmattad och hade inte kunnat tänka klart på så länge. Det kanske tar en stund innan jag börjar känna något, tänkte hon. Det tar ett tag innan det börjar växa i mig. Jag måste bara ha lite tålamod.

Kanske behöver hon, den lilla därinne, få en signal att det är dags att börja. Så hon vet att hon är på plats och att allt är som det ska. Hur ska hon annars kunna veta? Men vilken sorts signal skulle främlingen därinne förstå?

Varje graviditet börjar ju i en orgasm. Det hade hon ju tänkt på förut. Det kanske var det som saknades. Det kanske är det som är startskottet. Hon måste komma innan det kan börja.

Hon måste känna lycka innan det är fullbordat.

Så trots att hon egentligen inte ville, och överhuvudtaget inte kände någon lust, började hon onanera. Hon försökte gnida bort tomheten inom sig. Fingrarna skulle smeka bort mörkret och tända livsgnistan i henne.

Hon låg och spände sig på britsen och släppte händerna fria. De var hetsiga och klämde, tryckte och trängde in, hårdare än läkaren med sin kateter hade gjort. Det gjorde henne mer rädd än upphetsad. Några fingrar nöp, klöste och klämde hårt hennes bröst medan några andra begav sig in i djupet utan att egentligen vara välkomna. Det var strävt och trångt och gjorde mer ont än det var skönt när de tog henne hårdhänt.

Hon ville sluta men kunde inte. Hon ångrade sig, men fortsatte ändå pliktskyldigt. Hon grät och kände obehag när den intensiva mekaniska retningen till slut fick det att pirra därnere. Hon ville plötsligt inte komma, hon kände sig blottad och äcklig.

Ändå kunde hon inte sluta.

Det var som om en annan vilja trängde sig på henne.

Hon tog sig själv med våld.

"Nej, sluta", sa hon högt för sig själv. "Sluta, sluta!"

Och plötsligt tänkte hon att det var Erik som låg över henne, att han hade hunnit ikapp henne, tryckte ner henne och var i henne. Hon ville fly och försvinna, få allt att sluta. Känslan av hans närvaro hade kommit tillbaka.

Ändå fortsatte hon allt hetsigare med fingrarna tills hon motvilligt kom.

Fortsatte tills kramperna ebbat ut.

Fortsatte tills bara smärtan efter det egna övergreppet fanns kvar.

Hon kände ingen som helst lycka.

Hon var bara rädd nu, rädd för sig själv.

När hon kom hade hon uppfyllts av en skrämmande

känsla.

Känslan av att hon trots allt ville dö.

29

När Henrik och Jessica hämtade Gabriella utanför kliniken hade de varit och handlat mat till helgen. Hon lyssnade knappt på deras vardagliga konversation. Det var så trivialt jämfört med vad som hänt henne, med vad som pågick i hennes värld. Jessica var ovanligt pratsam, men Gabriella ursäktade sig med att hon var trött och behövde vila. Hon lade sig sedan ner i bilens baksäte och somnade redan innan de kommit utanför staden.

När de parkerade intill den röda timrade stugan väcktes hon försiktigt av Jessica och släntrade sedan över den välklippta gräsmattan, in genom den blå ytterdörren. Hon fortsatte genom hallen, förbi några dörrar och in i det lilla sovrum hon brukade sova i när hon var där. Hon drog för de mörka gardinerna, lade sig i sängen och fortsatte sova medan de andra bar in packningen.

Några timmar senare vaknade hon och förstod först inte var hon befann sig. Sedan såg hon den välbekanta mörkblå tavlan med båtarna i hamnen belysta av skymningssolen. Den hade hon stirrat på många gånger, många timmar, medan hon funderade över saker och ting. Hon hade funderat över livet och sin karriär, oroat sig för Jessica och över sin situation med Karl i just den här sängen, framför just den tavlan.

Det var i den här sängen hon hade tagit sitt beslut att skaffa ett barn med Karl.

Nu kunde hon inte längre minnas hur hon tänkte, allt var försvunnet i besattheten över att det måste bli av, att det måste fungera. Tanken på barnet hade distraherat henne från alla andra problem. Hon hade klamrat sig fast vid sin plan som den enda lösningen och den enda utvägen. Men innerst inne hade hon ändå vetat att det inte var sant. Hon hade undvikit att tänka på det, inbillat sig så mycket att hon själv verkligen trodde på att allt skulle bli bra.

Denna krampaktiga förhoppning hade istället dragit henne allt djupare ner i mörkret tills hon inte längre förmådde ta sig upp.

I själva verket ville hon inte ens ha något mer barn.

Hon ville inte, det hade hon bestämt redan när hon steriliserade sig, och det hade inte förändrats sedan dess.

Hon gjorde det för Karls skull.

Och hon gjorde det för att balansera en skuld.

Men hon gjorde det inte för sig själv, det spelade ingen roll vad hon själv ville.

Hon gjorde det enbart för Karl.

Hon älskade Karl, det visste hon i alla fall var sant. Men hon tänkte återigen att hon inte skulle ha saknat honom om han aldrig hade funnits i hennes liv.

Om hennes liv hade fortsatt som innan det gick snett med Erik.

Hur hade det egentligen kunnat gå så illa?

Det hade fortfarande kunnat vara de två, hon och Erik. Om inte.

Om inte han hade följt efter henne den där natten.

Om inte han hade försökt döda henne.

Om inte han fortfarande hotade hennes liv.

Och nu hotade han inte bara henne, utan även Karls barn, Jessica och hela deras familj.

Om Erik dödade henne skulle alla deras liv bli förstörda.

Det kunde hon inte tillåta.

Hon reste sig häftigt ur sängen. Ett svagt sken silade in genom de täta mörkblå gardinerna, men i hörnet bakom klädskåpet var det mörkt och svalt. Där ställde hon sig och smekte med händerna över magen medan hon mumlade en sorts mantra, en bön, en dikt eller besvärjelse, för sig själv.

"Om han kommer ur mörkret för att hämta mig får han mer än han kommer för. Jag tänker inte låta honom ta dig. Var inte rädd lilla vän, jag kommer inte låta honom ta dig. Ingen kan ta dig. Jag skyddar dig. Jag gömmer dig i mörkret så ingen kan hitta dig. Ta mitt mörker som din svepning och vänta på den kärleksfulla, strålande soluppgången innan du kommer fram. Då är du säker, lilla vän. Du ska aldrig dö. Det lovar jag dig. Du ska aldrig dö."

Gabriella kände sig plötsligt beslutsam.

Hon skulle föda Karls barn och vara en god mor.

Hon skulle inte låta någon döda henne.

Hon visste vad hon behövde göra för att förhindra det.

Hon behövde söka upp Erik igen.

Det var han som skulle dö.

Så enkelt var det.

Han måste dö.

Då kanske det blir som om den där fruktansvärda katastrofen aldrig hade hänt.

Hon tog ett par djupa andetag och gick sedan ut till köket. Där såg hon genom fönstret hur Jessica och Henrik satt ute på gården och njöt av sommarsolen. Det var som om de befann sig i en annan värld. Det var som om det nu var hon själv som var den mörka skepnaden hon hade sett bland skuggorna på andra sidan hinnan. Skulle de höra henne om hon försökte tala till dem? Skulle en hinna dämpa hennes tal så de inte förstod henne?

Till synes samlad och klar gick hon ut i solskenet för att säga att hon nu mådde bättre.

För att säga att nu skulle allt snart bli bra.

30

Medan Gabriella på lördagsförmiddagen stekte våfflor till frukost tänkte hon på hur man lättast dödar en man. Jessica och Henrik åt med god aptit utan att ana vad som pågick i hennes inre.

Hon var för fysiskt svag för att göra det för hand kom hon fram till. Även om hon hade en kniv eller något annat tillhygge skulle Erik säkert hinna övermanna henne, så stark som han är. Alltså behövde hon något som fungerade omedelbart. Hon behövde ett skjutvapen.

Frågan var bara hur hon skulle få tag på det. Trots att de bodde i en liten stad mellan skogar och fjäll kände hon inga jägare eller skyttar. Det hade inte riktigt varit hennes umgängeskrets. Hon hade inte heller någon aning om hur hon skulle kunna få fram ett vapen via mer illegala vägar.

Ett tag funderade hon på om det fanns något annat

sätt att ta ett liv, men allt verkade ineffektivt och opraktiskt eller krävde stor fysisk styrka för att hantera. Därför återvände hon till problemet med att hitta någon som hade ett skjutvapen.

Svaret var ganska enkelt när hon väl kom på det.

Hon visste ju faktiskt var det fanns ett gevär.

"Smakar det gott", frågade hon när hon lade upp en ny, frasig våffla på Jessicas tallrik.

"Ja, det var jättegott", svarade Jessica. "Det var länge sen du gjorde våfflor nu."

"Jag har inte riktigt varit i form för kolhydrater. Men idag kändes det som om allt föll på plats. Idag var det dags. Våffeldags. Och så kände jag på mig att det var precis vad du behövde idag."

"Det hade du alldeles rätt i", sa Jessica och täckte våfflan med drottningsylt och grädde.

"Du kommer inte orka grilla ikväll som du vräker i dig", sa Henrik retsamt till Jessica och fick en utsträckt tunga till svar.

Gabriella hällde i mer smet i järnet och stängde locket med ett fräsande. Hon tänkte som så många gånger förut att allt hade varit mycket lättare om det var Henrik som hade varit Jessicas pappa. Men hon hade aldrig känt den sortens attraktion till honom och det kanske var lika bra. De var som en fungerande familj när de var i stugan. De tre trivdes så bra tillsammans och det var nästan som om omvärlden bleknade bort en aning när de var där. Stugan var en fristad och en flykt. Gabriella tänkte på rummet hon brukade sova i som sitt privata rum och hon hade varit med och hjälpt till när de renoverade stugan några år tidigare. Henrik var som ett syskon och de var fullständigt trygga med varandra.

Hon önskade att hon hade berättat allt för honom redan från början. Men som vanligt hade hon undanhållit något. Undvikt sanningen som hon hade dolt i mörkret. I slutändan hade hon ljugit för alla hon stod nära. Det var inget hon hade menat, det hade bara blivit så.

Hon ljög för sig själv också.

Snart skulle allt hinna ikapp henne. Snart skulle alla hemligheterna avslöjas. Snart skulle hon själv förstå vad hon ljugit om i alla år.

"Jag måste åka in till stan en sväng idag", sa Gabriella medan hon väntade på att våfflan skulle gräddas.

"Varför då", undrade Jessica.

"Det är några ärenden jag måste uträtta", sa Gabriella och försökte få det att inte låta så viktigt.

"Men allt är som det ska, va", frågade Jessica med en ton av oro.

"Jadå. Jag glömde gå på apoteket bara. Det är några tabletter jag måste ha."

"Ska jag skjutsa in dig?", frågade Henrik.

"Nej, det är onödigt, jag tar bussen. Stanna här ni och njut av vädret. Slappna av i solen. Du skulle ju jobba på uthuset också."

"Är du säker?"

"Jadå, jag vill ordna det i lugn och ro. Fundera lite. Så kan ni ha grillen klar tills jag kommer tillbaka. Jag ordnade frukost, ni får ordna middag."

Nu var det ingen mening att skjuta upp det.

Hon hade bestämt sig.

Så fort det var gjort skulle hon inte behöva oroa sig mer.

Hon öppnade järnet och lyfte över nästa färdiga våffla till Henriks tallrik.

Hennes ansikte såg helt normalt ut.

Men inombords kokade hennes känslor.

Snart skulle hon få se Erik igen.

En sista gång.

31

De bruna tegelhusen i förorten där Tommy bodde var inte lika hotfulla i dagsljus som de varit då Gabriella lämnade dem bakom sig sent på kvällen veckan innan. Hon gick över parkeringen och tänkte på hur stor skillnad lite ljus och några skuggor kan göra. Tommy hade haft rätt när han sa att hon skulle komma tillbaka.

När hon ringde på dörren till den obehagliga lägenheten öppnade Jenny och stirrade förvånat på henne. Hennes ansikte såg lika egendomligt ut oavsett hur ljuset föll. Hon var klädd i mjukisbyxor och en alldeles för stor T-shirt med svårläst tryck på framsidan. Under det tunna tyget svajade de stora brösten vulgärt omkring utan behå.

Hon är i alla fall inte berusad den här gången, tänkte Gabriella tacksamt.

"Och vad vill du då", frågade Jenny när hon efter några sekunder tycktes känna igen Gabriella.

"Är Tommy hemma?"

"Nä, han är ute", sa Jenny misstänksamt. "Vad vill du?"

"Jag vill prata med honom. Kommer han hem snart?"

"Kanske. Jag vet inte."

"Då kommer jag in och väntar en stund."

"Jaha, en stund går väl bra i alla fall", sa Jenny utan viljestyrka nog att säga emot trots att hon verkade obekväm med Gabriellas närvaro.

Lägenheten var om möjligt ännu äckligare i dagsljus. Nu syntes allt damm, alla fläckar och alla hopklibbade hårtussar med obehaglig tydlighet. Doften av sopor var nu ännu starkare. Flugorna i köket krockade ideligen med fönstret, irriterat surrande.

Gabriella var inte lika rädd som förra gången, men minst lika illamående. Det fanns uppenbarligen folk som hade större misär i sina liv än henne – utan att ens försöka göra något åt det.

Men nu gällde det att fokusera. Hon var här av en anledning.

"Visst var det Jenny du hette", frågade Gabriella fastän hon redan visste det.

"Ja."

"Är du Tommys fru, eller sambo, eller?"

"Vi bor ihop."

"Är det svårt?"

"Ibland."

"Du verkade rädd för honom sist jag var här."

"Han är sån när han dricker. Det bara är så."

"Han kanske inte borde dricka."

"Mig lyssnar han inte på, han gör som han vill."

"Och du låter honom?"

"Vad ska jag göra? Jag har inget annat. Inget jobb, ingenstans att ta vägen. Jag slipper i alla fall vara ensam."

"Slår han dig också?"

"Inte så hårt att det gör nåt. Jag bryr mig inte."

Plötsligt kände Gabriellas en viss empati för den tragiska kvinnan framför henne.

"Du kan söka hjälp...", började hon.

"Nej", avbröt Jenny upprört. "Jag vill inte ha nån hjälp, det är bra som det är. Lämna mig ifred, du vet inte hur det är."

"Men..."

"Snälla, sluta!"

Gabriella förstod att det inte var någon mening och tystnade. Obehaglig till mods, och med ännu större avsky och pyrande hat inför Tommy.

"Vet du var han är", frågade hon istället.

"Han säger aldrig nåt till mig, han bara går. Men han är aldrig borta särskilt länge, det är han för misstänksam för. Kommer nog snart. Vill du ha nåt att dricka? Jag har vin i kylen."

"Nej tack. Jag vill inte ha nåt vin."

"Vad ska du prata med honom om? Har han gjort nåt?"

"Jag vet inte. Det handlar om vad jag såg när jag var här."

"Du vet, det är på riktigt, det man ser när man är med honom."

"Har du sett något nån gång?"

"Jag har sett så mycket. Han tar mig över hela tiden. Jag tror han tycker om när jag blir rädd."

"Vad ser du då?"

"Det kan jag inte säga. Det är som... Nåt helt annat än det här", sa Jenny och pekade på rummet omkring dem.

"Kan du göra det själv?"

"Göra vad?"

"Ja, du vet... Öppna gränserna... Ta dig mellan skikten på egen hand..."

"Ibland. Ibland när jag är riktigt rädd, då är det inte han som gör det, utan jag själv."

"Hur gör du då?"

"Jag vet inte. Det bara händer. Jag har väl lärt mig göra det... Vad heter det? Underliggande liksom."

"Undermedvetet?"

"Ja, det tror jag. Jag vet inte hur jag gör i alla fall. Men det är ju det som är hans förmåga, att han kan styra över det."

"Kommer det många hit som han hjälper?"

"Dom flesta kommer bara en enda gång."

"Vad tror du det är man ser?"

"Inte vet jag", sa Jenny, nu lite mer öppen. "Är det dom döda som är därinne tror du?"

"Nej. Det måste vara nåt djupare än så."

"Men det är på riktigt. Det vet jag."

"Ja det är det. Det är på riktigt."

Det var tyst en stund innan Jenny sakta sa:

"Kan inte du och jag prova?"

Gabriellas hjärta slog till och hon kände adrenalinet slå på. Bara tanken på att bryta igenom skiktet till den svarta skepnaden igen fick hela hennes kropp att vilja fly.

"Kan vi göra det tror du?"

"Jag vet hur Tommy brukar göra. Om du vill?"

"Det är egentligen därför jag är här. Jag vill ta reda på mer. Hur gör vi det?"

"Man måste släppa taget om sig själv. Tommy brukar få folk att skämmas och sedan få dom att njuta av det. Det blir nån sorts krock i huvudet på dom. Det var väl det han gjorde med dig?"

"Ja..."

"Och så gjorde han dig rädd va?"

"Det kan man säga."

"Det är hans metod. Men jag tror inte jag kan göra dig så rädd som han kan."

"Han tog fram sitt gevär. Det gjorde mig väldigt rädd. Du skulle kunna ta fram det?"

"Men det funkar inte när du vet att jag aldrig skulle kunna använda det."

"Du skulle kunna ta fram det ändå. Bara dess närvaro skulle ju utgöra ett hot."

"Ja, kanske. Jag tror vi ska prova ett annat sätt. Finns det nåt du skulle tycka var skämmigt?"

"Skämmigt?"

"Pinsamt alltså. Något du skulle skämmas för att göra."

"Hur menar du då?"

"Skulle du bli generad om du skulle behöva ta av dig kläderna nu?"

"Inte så värst."

"Om jag skulle klä av mig och onanera framför dig då?"

Gabriella rodnade och skruvade nervöst och omedvetet på sig.

"Jag visste det, du är så pryd", sa Jenny och log. "Har du ens varit med nån tjej förut?"

"Nej", sa Gabriella och kände hur situationen snabbt började bli jobbig. Det här var inte riktigt vad hon hade kommit för. Desperat försökte hon hitta på ett nytt argument för att ta fram geväret. Om hon lyckades med det skulle hon inte ens behöva träffa Tommy.

Det var förstås vapnet som var hennes mål med besöket. Hon behövde det för att ta hand om hotet från Erik.

På något sätt skulle hon ha det med sig härifrån.

"Du är ju alldeles röd", sa Jenny och grep tag om sina bröst. "Du blir generad av ingenting!"

"Jag är inte pryd", protesterade Gabriella. "Jag är lite ovan vid situationen bara."

"Vi behöver inget gevär för det här. Som du reagerar är vi halvvägs redan! Ge mig dina händer."

Utan att vänta tog Jenny tag om Gabriellas händer och tryckte dem hårt över sina bröst. De var dubbelt så stora som Gabriellas och mjukare på något sätt. Hon kände motvilligt fascinerad hur de gled omkring mellan hennes fingrar på ett helt annat sätt än hennes egna.

Då drog Jenny av sig tröjan och plötsligt stod Gabriella där med händerna på en främmande kvinnas nakna bröst, långt inne på en annan människas personliga utrymme. Svetten bröt fram i hennes panna och en het våg sköljde över henne. Hon var på väg att säga stopp och avbryta det hela när Jenny plötsligt tog hennes hand och sa:

"Nu går vi in i sovrummet och klär av oss."

Gabriella hade fått panik av den här sortens intimitet

vid det här laget om inte hennes mål med besöket hade varit så nära.

Geväret hon skulle hämta fanns någonstans i sovrummet.

Samtidigt hade hon börjat bli rädd. Nu höll det på att bli allvar, snart skulle hon springa därifrån med ett vapen i händerna.

"Vad händer om Tommy kommer", frågade hon för att förhala förloppet några ögonblick.

"Då får han väl ta över då", sa Jenny som om det var helt naturligt.

Det var inte vad Gabriella hade hoppats få höra. Allt gick som planerat och ändå ville hon att något skulle tvinga henne att avbryta. Hon hoppades att ödet skulle ingripa och hindra henne. Fastän hon motvilligt följde sin egen plan, hade hon accepterat vilken ursäkt som helst för att få gå därifrån.

Men det fanns ingen ursäkt, ödet ingrep inte, och Jenny ledde henne i ett förvånansvärt hårt grepp in genom dörröppningens gapande mörker.

32

Persiennerna i sovrummet var nedfällda och i mörkret växte sig stanken av svett och gamla lakan överväldigande. Hade inte Jenny dragit med sig Gabriella i ett fast grepp hade hon instinktivt ryggat tillbaka inför den påträngande doften. Tvättade de aldrig sina sängkläder?

Hon skymtade en dubbelsäng med gaveln mot den högra väggen och svaga konturer av ett fönster rakt fram.

Runt väggarna anade hon andra möbler travade huller om buller enligt samma kaotiska mönster som resten av lägenheten.

Utan förvarning var Jenny plötsligt naken och knuffade ner Gabriella på sängen. Innan hon hann protestera kände hon hur hennes kläder drogs av henne och hur hon pressades ner under Jennys överväldigande, överflödande kropp.

Situationen var så overklig att hon knappt förstod att det hände på riktigt. Det var som om hon befann sig någon annanstans. Som om någon berättade om en ovanlig upplevelse för henne och hon nu bara diffust föreställde sig hur det skulle kännas.

Sakta gled Gabriella bort från sängen och kände knappt vad Jenny flåsande gjorde med hennes kropp. Istället började ögonen vänja sig vid mörkret omkring henne. Hon såg mer och mer av den staplade bråten omkring dem. Det var staplar med veckotidningar, bokhyllor överlastade med hundratals porslinsfigurer och prydnadsföremål, plastbackar fyllda med plastpåsar och högar med kläder.

Sovrummet var som ett underjordiskt bo eller en lya, så trångt och klaustrofobiskt att hon var rädd för att bli instängd i ett ras. Men ju längre bort från sin nu nästan domnade kropp hon kände sig, desto mer glömde hon det ständiga, påträngande trycket från världen runt henne.

Efter en stund var det som om hon kände att det var någon annan i rummet. Hon var inte ensam med Jenny.

Det började med att en av de mörka formerna vid

sängens fotända plötsligt rörde på sig. Något som hon först tyckte påminde om en gammal spinnrock vred sig och kom närmare sängen.

Sedan tyckte hon att det var som om ett stort nät hade vuxit fram mellan lådor, bokhyllor och taket i det trånga nästet. Silverfärgade långa trådar darrade svagt när en svart klump sakta klättrade fram mot sängen och vände blanka ögon mot henne.

Hade hon haft full kontroll över kroppen hade den stelnat till och blivit iskall då hon såg vad det var som hängde fram över sängen och betraktade henne.

Åtta kalla ögon stirrade ner ur mörkret och hon skymtade de håriga, långsmala benen röra sig som skuggor i det blänkande nätet, som fingrar över strängar.

Hon kände samma, nästan smärtsamma, skräck som när hon suttit på motorvägen och stirrat på ögonen i bilens instrumentpanel, samma skräck som när hon var sekunder från att dö i kollisionen.

På långt håll hörde hon hur en kvinnoröst skrek. Det kan ha varit hon själv, men hon var inte säker.

Samtidigt hörde hon ett väsande från varelsen ovanför henne. Den spann nytt nät på vilket den rörde sig ännu närmare henne; den svartblå kroppen blänkte till ibland medan den rörde sig framåt.

Hon försökte instinktivt skydda sig med armarna framför sig, men det var som om hon inte hade några, de vägrade lyda och hon kände sig naket kroppslös.

Ovanför sig såg hon spindelvarelsen le.

Världen omkring henne var fientlig nu när hon själv hade ett sprucket skal. Där fanns saker hon trängt undan i sina mest undangömda vrår. Nu lockades de fram av hennes oskyddade, ofiltrerade jag och detta måste vara den mäktigaste av dem alla.

Hennes mjuka, nakna inre var som socker för den hotfulla araknoida manifestationen – den närmade sig henne som vore hon dess byte.

Det är jag som drar fram den, tänkte hon. Ur mitt inre lockas den fram. Den manifesteras ur mig. Det är delar av mig själv jag ser, tänkte hon, jag kanske kan kontrollera det.

"Jag ser dig", viskade hon och spindelns groteska leende vidgades.

"Jag har varit här hela tiden", väste den tillbaka.

"Du finns inte överhuvudtaget."

"Jag är den jag är och alltid har varit."

"Försvinn härifrån!"

"Du har ingen makt över mig."

Innan hon hann reagera sträckte den stora spindeln fram ett av de långa benen mot henne och rörde vid hennes ansikte. Hon kunde inte komma undan dess närvaro och plötsligt var allt fysiskt påtagligt runt henne igen. Hon var tillbaka i sin kropp och kände den, kladdig och svettig, vibrerande av utmattning.

Och hon kände fortfarande den jättelika spindelns beröring.

Det var en fysisk beröring – hon inbillade sig inte. Något rörde verkligen vid hennes kind, något tog tag om hennes mun och tryckte ihop.

Varelsen väste med munnen intill hennes ansikte och hon kände hela kroppen darra okontrollerat.

Då kom plötsligt ett starkt sken från dörröppningen och bländade henne.

Det blev tyst i rummet några sekunder när allt stannade upp. Sedan hördes Jennys genomträngande skrik.

Hon hade rest sig ur sängen, naket blank av svett, och skrek rakt ut. Hennes ögon var riktade mot den silhuett som skymtade i bländande dörröppningen till den starkt upplysta hallen.

Det var Tommy som stod där med en meterlång, grov pinne, förmodligen det avbrutna kvastskaft han pratat om tidigare, i handen.

I ljuset som strålade in från hallen såg Gabriella plötsligt spindelns sanna natur. Den gigantiska varelsen var egentligen en obehagligt leende, äldre man som krupit upp ur en rullstol som stod vid sidan om sängen. Det var han som höll hennes ansikte i ett fast grepp med sin vänstra hand. Den andra handen var försvunnen ner mellan hennes ben.

De runda glasögonen blänkte, ekrarna i stolens hjul glänste som spindelväv.

Hans verkliga ansiktsuttryck var nästan ännu obehagligare än spindelansiktets. Saliven blänkte i hans öppna mun och det var som om han bara väntade på att få sätta sina vassa tänder i hennes rödflammiga kött.

"Vad fan håller ni på med", frågade Tommy kallt och behärskat.

"Förlåt", skrek Jenny panikslaget och pekade sedan på Gabriella. "Det var hon som tvingade mig! Hon ville ha en session och jag sa att du inte var hemma, att jag inte kunde, men hon hotade mig, och du var ju inte hemma, så jag var tvungen! Det var hon!"

Tommy tog ett steg in i rummet och tände den bländande taklampan. Han höll sedan upp träkäppen i ett hårt grepp framför sig. Jenny sprang runt sängen och ställde sig med dallrande fettvalkar på knä framför honom.

"Det var inte mitt fel", jämrade hon sig och försökte krama hans ben. "Det var hon som…"

"Håll käften", svarade han kallt och knuffade undan henne innan han stirrade mot sängen där Gabriella låg blottad och fasthållen av mannen som glidit tillbaka ner i rullstolen.

"Varför ligger du här med fittan i vädret", väste Tommy till henne.

Gabriella skämdes så djupt att hon inte kunde svara. Hon var så omskakad att hon inte kunde formulera några tankar. Allt hon kunde göra var att stirra skräckslaget på Tommys hotfulla gestalt och gnälla svagt under handen som höll fast hennes mun.

"Hon är som en jävla mussla", sa Tommy till mannen i rullstolen. "Kan du se nåt i henne?"

"Som en bläckfisk, hon sprutar vilt omkring sig, är diffus och svårgripbar", sa mannen med nästan viskande röst och klämde åt sitt grepp för att ge eftertryck till orden. "Smälter in i botten. Men hon är bara blyg på ytan. Går vi på djupet är hon blötare än Jenny."

"Är det sant", mumlade Tommy och gick fram till sängen. Han tryckte den rundade änden av kvastskaftet mot hennes kön och skrattade till när han såg hur träet fuktades.

Vad Jenny än hade gjort med hennes kropp så hade det gett resultat.

"Jag var visst i fel hål förra gången", väste Tommy vulgärt. "Men jag hade rätt när jag sa att du skulle komma tillbaka. Vad är du ute efter? Vad är det för sorts session du vill ha?"

"Hon vill bli befruktad", sa mannen i rullstolen. "Uppfylld av att bli uppfylld. Hon vill bli en behållare. Men hon har redan något därinne. Något är i vägen."

"Du hör vad han säger", sa Tommy. "Han har alltid rätt. Är det någon som kan se nåt i dig är det han. Vill du att vi ska se efter igen, vad det är du har därinne i mörkret?"

Gabriella hade hunnit samla sig något och mumlade mellan sina hoppressade läppar.

"Jag är färdig nu. Jag vill gå."

"Är du färdig", utbrast Tommy frågande. "Hur kan du vara färdig?"

"Hon hjälpte mig", sa Gabriella och försökte nicka mot Jenny.

"Hur fan gick det till", svor han aggressivt.

"Jag såg honom där i hans spindelform", sa hon och nickade nu mot mannen i rullstolen. Han släppte förvånat greppet om hennes ansikte och såg för ett ögonblick inte så självsäkert överlägsen ut längre.

"Jag såg genom hans skal", sa hon och försökte samla all sin kraft för att låta som om hon visste vad hon gjorde. "Jag såg hans inre, jag såg vad som får honom att svälla."

"Vad fan har du ställt till med", skrek Tommy aggressivt vänd mot Jenny. Hon kröp skräckslaget ihop och han höjde påken han höll i handen.

"Har hon lärt sig hemligheten är hon förbrukad", väste rullstolsmannen föraktfullt och backade undan från sängen. Sedan pekade han sakta med pekfingret mot Jenny. "Ingen nytta av nån som kan penetrera själv. Städa upp den här efterblivna röran du, så låter vi *honom* öppna templet med de nya flickorna när jordmånen är bättre."

"Nej", skrek Jenny i full panik. "Förlåt, det var inte mitt fel!"

"Nu har jag tröttnat på ditt jävla gnäll", sa Tommy torrt och slog henne med påken. Slog med all sin kraft.

Jenny skrek av smärtan och Tommy fortsatte slå, slag på slag, så hårt han kunde. Mannen i rullstolen försvann ut genom dörren och Gabriella uppfylldes av adrenalin.

Tommy tänkte uppenbarligen slå ihjäl Jenny.

Det syntes på den vilda blicken, på dreglet som bubblade mellan tänderna och ut över de tunna läpparna.

Gabriellas hjärta slog så hårt att hon nästan bedövades av blodets hårda pulserande. Det svartnade nästan rytmiskt för ögonen på henne och omvärldens ljud, Jennys skärande dödsångest, tonade in och ut i takt med de stenhårda muskelsammandragningarna i hela kroppen.

En märklig känsla samlade sig i hennes mage, som en sorts euforisk nervositet, och hon kände sig uppfylld av en närvaro.

Och i samma ögonblick som Tommy höjde påken och råkade slå sönder taklampan, exploderade något ut ur hennes konvulserande kropp som en kraftfull nysning.

Ur mörkret i rummets hörn trängde den i tät svärta

insvepta varelse hon sett förut i sina visioner fram. Den i svart skal inkapslade varelsen från tavlan stod plötsligt där i fysisk form, ute i verkligheten. Den hade trängt ut genom Gabriellas spräckta hinna och förkroppsligats framför henne.

Gabriella hade lyckats åkalla skepnaden igen.

Doften av salta kroppsvätskor och sjögräs trängde undan de andra lukterna i rummet och med endast ett svagt, klafsande gled den fram mot Tommy. Med en diffus rörelse svepte den undan honom så hårt att han kastades in i hyllorna med porslinsföremål.

Med plötslig klarsyn kastade sig Gabriella upp och började dra på sig sina kläder. Hon hade inga direkta tankar, förutom att hon måste fly. Hon måste ta sig ut härifrån innan det var för sent.

Varelsen följde obevekligt efter Tommy och Gabriella hörde hur den började slita och klösa i hans kött med sina vassa, spretiga fingrar. Hon hörde blodet plaska mot golvet. Han skrek befallningar medan han försökte kravla sig upp från bråten på golvet. Mörkervarelsen mötte honom i tystnad. Gabriella lyssnade inte på hans förvridna ord, men hon förstod att han desperat försökte använda sin psykiska förmåga för att stoppa den mörka gestalten som med överväldigande styrka var på väg att slita sönder honom.

Blodig och med halva ansiktet och ena armen i trasor lyckades han till slut ta sig ut till hallen medan varelsen stannade i gränslandet mellan sovrummets mörker och hallens starka dagsljus.

När han märkte att den inte följde efter honom stannade han upp och såg sig över axeln. Under det uppenbara lagret av smärta verkade han lättad över att ha kommit undan, nyfiken på vad han hade mött, och förvånades sedan över något annat han såg bakom den svarta skepnaden.

Något fick honom att rycka till och segna ihop på golvet i hallen. Det tog Gabriella flera sekunder att koppla ihop detta med den skarpa knallen hon hade hört i samma ögonblick. Det var för mycket för hjärnan att bearbeta på för kort stund.

Tommy hann falla till golvet och bli liggande innan Gabriella förstod vad som hade hänt.

Den svarta skepnaden var försvunnen, och hon var osäker på om den överhuvudtaget varit där.

Istället såg hon en öppen garderobsdörr.

Istället såg hon Jenny stå på knä intill garderoben med Tommys gevär i händerna.

Istället såg hon blodet spridas i en pöl under Tommys livlösa kropp.

Plötsligt mindes Gabriella sin plan och utan att tänka på vad som hade hänt slet hon geväret ur Jennys händer, tog upp en handfull patroner ur asken på golvet och lyckades under några evighetslånga sekunder hitta sina sista kläder medan Jenny satt kvar och snyftade som förlamad av chock.

Så fort hon var färdigklädd sprang Gabriella med ett stort kliv över blodet och kroppen ut i hallen. Medan hon drog på sig skorna såg hon mannen i rullstolen betrakta henne från vardagsrummet. Först såg han förvånad ut, sedan förstod han vad som hänt och log snett.

"Du kommer ändå att dö", väste han knappt hörbart. *"Vad du än gör, han kommer att odla dig, och du kommer dö..."*

Gabriella hann komma långt ut på parkeringen innan hon bröt samman. Hon lyckades ta sig in bland några buskar och träd vid en busshållplats och där kollapsade hon på marken, skakande i hela kroppen medan tårarna rann. Skräck och lättnad tumlade runt inom henne och hon ville bara skrika. Ändå höll hon munnen hårt stängd och låg kvar, dold bland växterna tills dagsljuset började jaga undan mörkret hon dragit med sig ut ur lägenheten, ut ur sitt inre.

När kramperna började lägga sig försökte hon snyta ut det snor som hängde i trådar ur näsan och harklade upp allt slem hon dragit ner i halsen.

Hela tiden höll hon geväret tätt intill sig i ett krampaktigt grepp.

Det var instrumentet som skulle rädda henne.

33

Det tog över en timme innan Gabriella slutligen fann kraft nog att resa sig ur buskarna.

Hennes plan hade varit att hämta geväret och sedan möta Erik. Nu insåg hon att hon inte var redo än. Hon var svag och omtumlad efter det som hänt hos Tommy. Hon var tvungen att samla sig först. Hon skulle behöva vara stark och fokuserad när ögonblicket kom.

Vad hade hänt i lägenheten egentligen? Allt kändes så diffust nu. Nästan drömlikt. Hade Jenny verkligen skjutit

Tommy? Hade hon träffat honom? Var han skadad, kanske död? Eller var det bara ett spel – som när Tommy hade hotat henne för att få henne i rätt sinnesstämning under sessionen? Hade det varit planen hela tiden? Men i så fall varför? Och vem var mannen i rullstolen?

Det spelade ingen roll. Hon ville ändå aldrig någonsin gå nära de bruna tegelbyggnaderna igen.

Den sista bussen tillbaka ut till Henriks stuga hade redan gått, så utan någon annanstans att ta vägen begav hon sig via diskreta smågator hem mot lägenheten.

Hon försökte hela vägen tänka ut vad hon skulle säga till Karl. Hur skulle hon förklara att hon kom hem redan nu, hur skulle hon kunna hålla vapnet dolt, hur skulle hon kunna låtsas att allt var som det skulle?

Det fanns inget hon kunde säga.

Det insåg hon när hon klev ur hissen och stannade hemma framför lägenhetsdörren med nycklarna i en krampaktigt kramande hand.

Om hon gick in nu skulle allt falla samman. Rasmassorna skulle tumla ner från hennes bergsmassiv av lögner. Allt skulle vara över.

Sakta tryckte hon in nyckeln i låset och vred om.

Hon önskade intensivt att allt skulle vara över.

Men så enkelt kunde det inte vara. Om hon gav upp nu skulle han komma ur mörkret och hämta henne. Om hon gav upp skulle hela familjen förintas. Det kunde hon inte tillåta.

Sakta vred hon igen låset och drog ut nyckeln igen.

Långsamt backade hon bort från den hägrande, men oändligt avlägsna, vardagen som hon skulle kunna hitta innanför dörren om hon bara öppnade den.

Utan att veta det vände hon ryggen till den sista chansen att återvända till den värld hon kom från. Hädanefter skulle det vara för sent att ångra sig.

Hon gick tillbaka in i hissen och valde oåterkalleligt vilken väg hon skulle gå, vilken väg livet skulle ta, hur framtiden skulle utveckla sig. Det korta beslutet skulle forma hela hennes tillvaro från och med det ögonblicket. Det var ett av de viktigaste vägskälen i hennes liv.

Och hon var inte ens medveten om det.

Istället för att gå in till Karl, berätta allt och be om hjälp, tryckte hon ner hissen till källarvåningen.

Hon gick under jord och ville helst stanna där.

Hon ville gömma sig undan omvärlden. Gömma sig från hotet, gömma sig i mörkret. Glömma att hon ens existerade.

Slippa ta hand om allt.

Bara sjunka ner i jorden och försvinna.

När hissen stannade letade hon sig fram mellan betongväggar och gallerdörrar tills hon hittade det förråd som hörde till lägenheten.

Fingrarna hade tryckmärken efter nycklarnas tänder. Så hårt hade hon kramat åt runt knippan när hon stod utanför dörren däruppe. Nu kände hon lättnad över att kunna låsa upp hänglåset till förrådet, gå in och stänga gallerdörren efter sig. Hon kände hur hon kunde slappna av en aning i kroppen när hon lirkade ut låset genom gallret och tryckte igen det så hon blev inlåst.

Det var som om hon satts i en bur och inte kunde komma ut. Hon gillade känslan. Hon önskade att hon varit inlåst och sluppit ta alla svåra beslut som hade lett henne hit. Hon skulle vilja stanna inlåst resten av livet om hon bara slapp göra några fler ohyggliga val.

Om bara Karl hade tagit lite mer kontroll, tänkte hon och lade undan geväret på några av kartongerna som stod staplade i det lilla förrådet. Då hade de inte hamnat i den här situationen.

Om han hade varit lite mer viljestark. Om han inte varit så lätt att manipulera. Om han hade varit mer... som Erik.

Gabriella skakade av sig tankarna och satte sig ner i ett hörn, halvt dold bakom kläder och lådor. Det luktade masonit och gamla unkna kläder, instängt och främmande. Hon var van vid en ren, vädrad och fräsch miljö – varför var det plötsligt så ostädat och äckligt överallt?

Hon fick i alla fall vara ifred en stund härnere.

När hon försökte slappna av kände hon att hennes muskler var så spända att hon var tvungen att koncentrera sig en stund innan hon kunde låta kroppen glida ur det stenhårda greppet hon låst sig själv i.

Alla små och stora beslut som hade fört henne hit snurrade omkring inom henne. De var stenar som travats till en mur mellan henne och omvärlden. Hur hade hon kunnat låta det ske? Varför hade ingen genomskådat henne? Sett hennes lögner?

Varför kunde hon inte se sina egna lögner?

Mörkret inom henne dolde något hon inte ville veta av.

Nu var kaoset inom henne på väg att rasera muren, skingra mörkret. Och hon ville inte veta vad som skulle tränga fram ur djupet istället.

Gallerdörren både stängde in henne och skyddade henne. Egentligen ville hon slänga ut nycklarna så hon skulle vara fångad på riktigt. Så att hon inte skulle ha något val. Så någon annan fick ansvaret.

Ändå gjorde hon det inte. Det var något som tog emot.

Istället fingrade hon på geväret.

Det skulle vara så enkelt, tänkte hon och kände saliven rinna till när hon mindes metallsmaken av patronerna Tommy hade tryckt in i hennes mun.

Önskan att slippa undan alltihop var så stark inom henne att hon längtade efter ett strålande svart mörker att försvinna i.

Hon längtade efter ett bländande mörker så att hon skulle slippa se världen runt sig. Hon ville utplåna sig själv och sin omgivning.

Sakta reste hon sig på knä och lutade sig mot kartongerna med geväret. Blicken irrade ambivalent omkring innan gevärspipans obevekligt stirrande svarta hål drog hennes blick till sig.

Därinne fanns mörkret hon längtade efter.

Därinne fanns det som skulle förlösa det mörker som fanns inom henne.

Var det kulan som kom ur mörkret för att hämta henne?

Var det hon själv som skulle avfyra den?

Var den svarta varelsen bara hennes längtan efter att få upplösas i mörker?

Hon drog geväret mot sig så pipan stack ut över kartongens kant. Sedan slöt hon läpparna runt pipan och slickade reflexmässigt den blånerade metallen.

Metallsmaken, krutdoften och de kladdiga resterna av vapenolja blandades i hennes mun och hon kände en våg av adrenalin svepa genom hennes kropp.

Det är så här döden smakar, tänkte hon och kände kornet på pipans översida skrapa långt bak i gommen.

Hon kände kväljningskänslorna byggas upp, ända nerifrån underlivet, genom hela kroppen upp till den alltmer rynkade pannan.

En gång i tiden hade hon tyckt om det. Att ha något i munnen. Med Erik hade hon tyckt om det, att ta något djupt in. Det kunde få henne att komma om hon spände sig tillräckligt. Men ända sedan incidenten hade det fyllt henne med skräck. Känslan av att ha något som tryckte ner i halsen var mer skrämmande än tanken på kulan i det laddade geväret.

Det påminde henne alltför mycket om vad som hänt.

Hon sträckte sig fram och osäkrade geväret. Trycket bak i halsen fick henne att hostande kväljas, ögonen tårades och en salivsträng började leta sig nerför hennes haka.

Om hon tryckte av nu skulle hon slippa föda ett barn hon egentligen inte ville ha. Hon skulle slippa Karl och hans krävande osäkerhet.

Hon skulle slippa vara rädd för vad som skulle hända henne.

Hon skulle slippa en oviss framtid.

Om hon tryckte av nu skulle hon ta makten själv. Hon skulle vara den som kom ur mörkret.

Sakta såg hon sig omkring, lät ögonen söka i förrådets

svagt upplysta hörn.

Men det fanns ingen där. Ingen mörk skepnad, ingen svart skugga.

Var fanns hon nu? Varför visade hon sig inte nu när döden var så nära?

Var hon övergiven för att det nu var slut?

Var hon ensam för att hon skulle dö?

Ett par ögonblick var hon säker på att hon skulle sträcka sig efter avtryckaren. Hennes medvetande var helt inställt på att avfyra vapnet rakt in i munnen.

Men när hon lämnade kontrollen till kroppen reagerade den inte. När hon tänkte att hon skulle trycka förblev hon stilla.

Det var bara hennes sinne som var villigt att dö. Hennes kropp ville uppenbarligen leva.

Med en ny kväljning drog hon sig sakta tillbaka från geväret och sjönk ner på golvet där hon spottade ut sin oljigt metallsmakande saliv på betongen.

Hon andades ut och skrattade till av nervös lättnad.

Det var inte hon som kom ur mörkret; hon skulle inte dö nu.

Kanske kunde allt ordna sig ändå. Än var det inte för sent.

På något sätt kände hon sig plötsligt glad.

Allt vände i ett ögonblick. Allt vände när hon insåg att hon inte skulle trycka av, när hon insåg att hon inte skulle dö för egen hand.

Hon fick en känsla av att hon skulle kunna klara av alltihop.

Hon skulle kunna föda och ta hand om barnet, kanske

en dag älska det lika mycket som Jessica.

Hon skulle kunna prata med Karl, och reda ut allt som var fel mellan dem. Hon älskade honom trots allt. Bakom allt elände låg en varm kärlek och höll dem samman.

Hon skulle orka vara en engagerad mamma åt Jessica, och äntligen ta itu med vad det nu var för tonårsproblem som bekymrade henne.

Hon skulle kunna få balans i livet igen, hitta tillbaka till jobbet som hon faktiskt trivdes med.

Hon skulle kunna gå styrkt ur alltihop.

Hon hade en sak att ta hand om bara. Hon var tvungen att ta bort Erik innan han kom för att hämta henne.

Först behövde hon bara vila lite.

Snart skulle det vara över – på ett eller annat sätt.

Totalt fysiskt och psykiskt utmattad tog det inte lång stund förrän Gabriella föll djupt ner i sitt eget mörker.

Hon trängde genom det spruckna membranet i sitt inre utan att vilja det.

Dök nedåt för att penetrera ytspänningen.

Sjätte delen

34

När Gabriella väcktes av den ringande telefonen förstod hon först inte var hon befann sig. Det tog några sekunder innan hon avlägset mindes hur hon, som om hon varit berusad, hade tagit sig ner i källarförrådet.

Det tog ytterligare ett par sekunder innan hon fick upp mobilen ur fickan och såg att det var Jessica som ringde.

"Hallå", svarade hon med skrovlig röst.

"Mamma? Var är du", frågade Jessica oroligt.

"Jag...", sa Gabriella och försökte harkla sig.

"Jag har ringt hela kvällen, varför svarar du inte? Vi är jätteoroliga!"

"Jag har...", började hon men avbröts av dottern.

"Vi började tro att det hade hänt nåt! Var är du nånstans?"

Gabriella insåg att hon satt på golvet i deras förråd med ett gevär framför sig som hon varit ögonblick från att skjuta sig med några timmar tidigare.

Paniken vällde upp inom henne, men på något sätt lyckades hon trycka bort samtalet innan hon släppte ut ett skärande vrål som kom så djupt inifrån henne att hon inte hade någon som helst kontroll över det.

Hon skrek och kippade efter luft medan telefonen började ringa igen. Mellan de krampartade skriken lyckades hon se på telefonens display att det var Jessica som ringde igen. Utan att svara skrek hon:

"*Hjälp! Hjälp mig! Jag går sönder! Snälla, älskade barn, hjälp mig!*"

När telefonen slutade ringa lyckades hon återvinna kontrollen över sig själv och hon tystnade med ett lätt snyftande.

Efter några minuter harklade hon sig, tog upp luren och ringde tillbaka till Jessica. Medan signalerna gick fram ryckte hon åt sig en tröja som hängde på en galge och kastade över geväret. Hon ville inte se det medan hon pratade med sin dotter.

"Förlåt, det bröts förut", sa hon med samlad röst när Jessica svarade. "Jag är hemma nu, det drog ut på tiden med mina ärenden idag, så jag missade bussen ut. Jag sover hemma inatt så kommer jag ut i morgon igen."

"Men varför har du inte ringt och sagt det, vi blev jätteoroliga."

"Förlåt, jag glömde bort det, det var inte meningen."

Det var tyst ett ögonblick innan Jessica, nu besviken istället för orolig, sa:

"Har du hittat på allt det här för att få vara ensam hemma med Karl hade du väl kunnat säga det redan från början. Så hade jag sluppit vara rädd."

"Men, nej, förlåt, det är inte så, det bara blev så här."

"Ha det så kul då."

"Jamen, jag kommer ut igen i morgon. Var det gott att grilla?"

"Ja. Då ses vi väl i morgon då."

"Ja, gullunge, det gör vi. Kram."

"Hejdå."

Gabriella kände mörkret inom sig växa.

Det kändes som om hon hade svikit Jessica.

Ännu en lögn att trassla in sig i.

Det var så att hon kunde känna smaken av dotterns besvikelse. En bitter rest som hängde kvar i luften och stack på hennes tunga. Den stack och brände sig genom nervtrådarna, upp i hjärnan och ner i magen. Starkt och påtagligt kände hon det, som om hon fysiskt smakade på något.

Det måste vara strålningen från telefonen som gör det, tänkte hon. Jag känner smaken av radiovågorna. De bär med sig Jessicas besvikna känslor. Jag känner smaken av svek.

Hon stängde av telefonen och försökte spotta flera gånger utan att bli av med smaken i munnen.

Istället tänkte hon att hon måste äta något.

Hon måste stoppa något i munnen, dels för att få bort smaken, och dels för att hon var hungrig.

Eftersom världen utanför gallret inte tycktes existera började hon leta inne i förrådet. Av en slump rev hon ner en svart sopsäck från en hylla. I den hittade hon ett par soffkuddar.

Med ett kraftigt ryck slet hon upp sömmen på en av dem så att små gula skumgummibitar sprutade ut.

Dessa började hon med tom blick äta.

En efter en, som syntetiska popcorn, stoppade hon bitarna i munnen, tuggade uttryckslöst en stund och svalde sedan hårt flera gånger för att få de sträva små fyrkanterna att glida nerför matstrupen.

Den obehagliga smaken i munnen försvann ändå inte.

35

Djupt inne i mörkret var det något som rörde sig. Gabriella svävade tyngdlös och naken, som en öppnad och sårbar mussla, hennes mjuka, köttiga inre blottat. Något kröp över henne, pirrade i hennes skinn. Det var de åttaögda varelserna som svärmade över hennes bleka hud, täckte henne med svarta kroppar och silverväv; gjorde henne diffus för omvärlden.

Spindlarna kapslade in henne i sitt nät. Svepte henne som i blankt siden. Förpuppade henne. Oroligt undrade hon varför hon inte kunde få bli en fjäril. Varför omgavs hon av spindlar? Varför måste hon bli en av dem och krypa på åtta håriga ben istället för att få breda ut färggranna vingar och betrakta världen från ovan?

Det var djupt orättvist. Inget blev som hon ville. Istället för glädje blev allt bara förtvivlan och meningslöshet. Hon som hade varit så glad och förhoppningsfull inför livet. Hon hade sett framtiden som ljus och längtat efter allt hon skulle göra när hon blev äldre. Och visst hade livet varit underbart när hon var barn, underbart när hon studerade och underbart de där åren utomlands. Men nu, när hon egentligen hade allt hon ville, föll det sönder under henne, allt gick i kras, hela tiden, alltid var det något som gjorde henne förtvivlad.

Spindlarna isolerade henne och drog sina mörknande trådar allt hårdare runt henne.

Med henne i rummet fanns någon, eller något, som betraktade henne. Hon var inte ensam längre. Utan att se efter visste hon att det var skuggan hon bar inom sig som manifesterats igen. Trots att hon inte kunde se den visste hon att varelsen var där.

Något ljusnade utanför ögonlocken och hon kämpade för att få kontroll nog över sin kropp för att öppna ögonen. De vidgades knappt, det blev bara små glipor, och hon skymtade enbart delar av den cirkel av tolv starkt lysande klot som svävade över henne.

En otydlig silhuett av en man stod framför henne och höll händerna mot cirkeln som om han sög åt sig energi ur kloten, som om han manade fram krafter ur det sammanflätade ljuset som strilade ur dem. Han rörde sina glödande händer och tecknade som med ljus en vacker och mer avancerad version av det sigill Gabriella sett varelsen teckna vid deras första möte på galleriet. Ett svagt mumlande som av gutturalt, ålderdomligt tal hördes djupt ur mannens strupe.

Hon förstod att det hon såg var den som skulle komma för att hämta henne. Silhuetten var hennes död. Och nu hämtade den krafter nog att komma efter henne. Förvandlade ljus till svärta. Band henne till hennes öde.

Först kände hon skräcken hon alltid haft och försökt svälja ner i magen den senaste tiden. Sedan kände hon hur all panik och ångest hon samlat i magen började glöda och lysa upp henne inifrån. Hon kände värmen sprida sig och hon kände att hon hade den mörka skepnaden som emanerat ur henne vid sin sida. Hon skulle inte möta silhuettmannen ensam.

De skulle kämpa mot honom tillsammans.

Mitt i skräcken fann hon hopp. *Hon* var i alla fall med henne. Hon som skulle komma.

Om hon i sitt mörker bara hade varit mer påtaglig, mer verklig. Gabriella ville hålla henne i sina armar, ta hand om henne och återigen känna den där obeskrivbara lyckan av att hålla ett mirakel i sin famn.

För ett ögonblick fick Gabriella känslan av att även Karl och Jessica fanns där i källaren med henne. Hela familjen var nu tillsammans, alla fyra, sammanbundna av silhuettens arkaiska ritual och en inre smärta som var så djup hos dem alla tre att den sträckte sig som knotiga rötter långt in i varandras inre mörker.

Ett tag var det nästan som om Karl svävade liggande intill henne och Jessica rörde sig i en cirkel runt dem. Det var som om de i detta ögonblick kopplades samman så hårt att de manifesterades i en gemensam vision. Deras öden var hårt hoptvinnade – ändå var de så långt ifrån varandra, mer fjärran än någonsin.

När hon försökte se sig omkring för att ta deras händer var hon plötsligt ensam igen och enbart mörker omgav henne.

Övergiven och insnärjd i de varma spindeltrådarna började Gabriella nynna på en sång, något som liknade en vaggvisa. Hon vyssjade sig själv som om hon var sitt eget barn, som om hon försökte trösta sig själv.

Hon önskade att någon skulle komma och ta hand om henne.

Hon längtade plötsligt efter sin mamma.

Hon nynnade längtande och grät.

36

Den grova borren trängde in i taket och sprutade damm och skräp omkring sig med ett dånande ljud.

"Håll den närmare", ropade Erik och Gabriella grep tag om hans midja för att hålla balansen medan hon sträckte dammsugarmunstycket närmare borrhålet.

Det var ett helt annat liv hon levde femton år innan hon somnade med geväret bredvid sig nere i källarförrådet.

Gabriella hade varit tillsammans med Erik i lite drygt två år när hon upptäckte att hon var gravid. Då hade han köpt en villa åt dem och när Jessica föddes nio månader senare sålde han sitt företag för att kunna vara hemma med sin nya familj.

Han var nästan för bra för att vara sann, tänkte hon ibland och undrade hur hon hade kunnat förtjäna honom.

Intelligent och artig, stilig och kvick, lagom kinky i sängen, vad mer kunde man begära av en man? Allt hon önskade passade in på Erik.

Ibland tyckte hon inte att hon dög åt honom. Han borde ha någon bättre, varför vill han ha mig, tänkte hon på sina sämre dagar.

På de bra dagarna njöt hon av att ha fått sina önskningar uppfyllda.

Idag var en bra dag, tänkte hon medan Erik stod på en köksstege och borrade i taket på källarens gillestuga. Själv stod hon med dammsugaren på en stol bredvid honom och sög upp borrdammet.

Hon betraktade honom kärleksfullt och visste att han var hennes.

Han var enbart iklädd ett par svarta kampsportsbyxor medan han arbetade och Gabriella hade blivit distraherad av att titta på honom medan han spände musklerna för att trycka upp borren i taket.

Så länge träningen gav det resultatet fick han hålla på hur mycket han ville med sina kendo-tävlingar.

För att inte ramla av stolen när hon ställde sig på tå tryckte hon sig mot hans bringa och kunde inte låta bli att blunda och dra in hans varma, berusande doft.

"Du missar ju skräpet", ropade Erik när hon slant undan med munstycket.

"Mmm", sa hon och kramade honom istället medan dammet regnade ner över dem.

När borren tystnade tog han den i ena handen och lyfte med den andra med sig Gabriella ner på golvet.

Han var huvudet längre än henne och fick böja sig ner för att kyssa henne, trots att hon försökte ställa sig på tå igen.

"Du måste klä på dig", sa hon leende och hämtade andan. "Annars vet du ju hur jag blir!"

"Men du blir ju till dig bara jag gäspar."

"Men, vacker, muskulös man med verktyg... Kan man annat än bli kåt?"

"Du är ju jämt våt", sa Erik glatt och började plocka ihop borrmaskinen.

"Det kan väl inte jag rå för. Det är ditt fel", sa Gabriella och försökte dammsuga upp skräpet som hamnat på golvet.

"Jag får sluta träna och lägga på mig lite sladdrigt fläsk runt midjan så kanske jag får vara ifred?"

"Det hjälper nog inte. Jag kommer aldrig lämna dig ifred."

"Om du försöker lämna mig kommer jag efter dig", ropade han och klämde på hennes rumpa medan hon försökte trassla ut sladden till dammsugaren.

"Du kan ju försöka ikväll när du är klar med det där", sa hon och pekade på hålen i taket.

"Ditt pervo", utbrast Erik och flinade.

"Haha, ska du säga!"

Medan han tog med sig några verktyg och ett par rejäla krokar upp på stegen igen gick Gabriella upp från källaren och ställde in dammsugaren i städskrubben. Sedan sköljde hon av en nektarin under kranen i köket och gick ut på den stora altanen på baksidan.

Där tittade hon till sin några månader gamla dotter Jessica, som såg ut att sova gott i skuggan i sin barnvagn, och sjönk sedan ner i solstolen ute på gräsmattan där hon hade suttit när Erik ropade efter hennes hjälp tidigare.

Hon tog på sig solglasögonen och tog en tugga av den blöta frukten innan hon lutade sig tillbaka.

Hon såg fram mot kvällen med ett behagligt pirr i magen. Snart skulle hon få leka med sin ägodel.

Tolv timmar senare skulle allt förändras.

Femton år senare skulle allt vara annorlunda.

37

När Gabriella åter vaknade i källaren var det redan söndag kväll. Hon hade ont i magen och kände ett starkt illamående. Hon var törstig och frös om händer och fötter samtidigt som hon var svettig över hela kroppen.

Hon hade sovit i över ett dygn och vaknat ur feberaktigt förvirrade, och till skillnad från det tidigare mörkret, vita, starkt lysande drömmar, osäker på om hon faktiskt hade vaknat eller fortfarande drömde. Ljuset dröjde sig kvar inom henne och bländade henne trots att hon låg i en nedsläckt källare.

Utan vare sig konkreta tankar eller planer låste hon upp hänglåset och öppnade gallerdörren. Sedan tog hon med sig geväret, lindade in det i tröjan hon lagt över det tidigare, och gav sig av från förrådet med tom blick och uttryckslöst ansikte.

Några ögonblick senare var hon på väg genom den tomma stadens utkanter. Hon färdades i en kropp som inte ville vara med längre. Den protesterade skarpt med smärtor överallt. Det gjorde ont att gå och stack i fötterna för varje steg, det pirrade i händerna och geväret kändes tyngre och tyngre, det gled mellan hennes svettiga fingrar som om det var på väg att falla ur hennes grepp.

Bakom den rynkade pannan och sammanbitna blicken skar sporadiska blixtar av ilande smärta genom hennes huvud.

Ändå fortsatte hon.

Hon skulle söka upp Erik.

Hon skulle komma ur mörkret.

Hon skulle komma ur mörkret och hämta honom.

Hon tänkte bli den mörka skepnaden och förekomma honom. Hon tänkte inte vänta på att dö. Om någon skulle dö var det inte hon. Om Erik tänkte döda henne hade han väntat för länge. Hon skulle göra det först. Så skulle det vara överstökat sedan. Ingen som lurpassade i mörkret längre. Allt skulle bli ljust och rent igen.

Trots de obehagligt lysande drömmarna hon just haft så längtade hon efter det vita.

Mörkret, smutsen och svärtan – allt det skulle försvinna.

Att de sedan många år skildes åt av ett besöksförbud spelade ingen roll. Och om han ville komma efter henne fanns det ingen som skulle stoppa honom.

Varför? Varför ville han döda henne? Det var något som hade hänt väldigt tvärt den där gången. Plötsligt ville han döda henne. Men varför? Det ilade längs ryggraden på henne och hon kände att det var något obehagligt som var på väg att välla upp när hon försökte minnas vad som hänt. Något hon inte ville veta av.

Men allt var diffust och grumligt, svept i svart, klibbigt mörker.

Hon hade inte litat på honom sedan den där natten då han jagade henne över gruset. Och eftersom hon inte ville riskera att han en dag plötsligt överraskade henne hade hon haft noggrann kontroll över var han bodde ända sedan dess. Hon hade åkt förbi adressen många gånger i sin bil. Stannat och spanat ibland. Bara för att se att han höll sig där han skulle vara. Betraktade honom på håll. Bevakade så att han inte planerade någonting.

Trots att hon hävdade motsatsen inför Jessica och Karl så visste hon mycket väl var Erik bodde.

Och nu var hon på väg dit igen.

Hon skulle låta mörkret sluka honom en gång för alla.

Hon skulle sluka honom.

38

Varenda del av Gabriellas kropp darrade och längtade efter förlösning. Hon var svettig och ångande het, andfådd och röd. Framför henne stod Erik, lika naken som henne och lika glödande upptänd. Hon ville smaka honom, känna hans värme.

Han hade gett sig fullständigt åt henne, åt hennes kontroll.

De hade utväxlat fullständig tillit. Hans liv i hennes händer.

Nu ville hon göra allt för honom. Hon ville ge honom allt hon kunde.

Det var kvällen efter borrandet i taket, inte långt innan hennes flykt över grusgången. Det var slutet på en lyckligare tid. Det var innan hon förlorade alla runt sig, innan hon blev någon annan. Det var innan Erik blev någon annan.

Det var sista gången hon hade sex helt utan ångest.

Efter den kvällen skulle det alltid finnas en viss oro, en rädsla, en gnagande känsla av att något var fel. Hon skulle känna sig skyldig och även om hennes kropp njöt skulle hon känna sig bortkopplad och distanserad. Hon skulle kunna komma, men inte alltid njuta av det.

Hon skulle ha ett ständigt dåligt samvete utan att veta varför. Hon skulle förtränga det som hände och leva utan att kunna bearbeta det. Det skulle förtära henne och göda hennes växande mörker.

Med ett fast grepp om Erik slukade hon honom och njöt av varje sekund, varje centimeter. Det var sista gången hon skulle göra det utan att bli illamående. Fram till nu hade hon älskat det, älskat att göra det skönt för honom, att känna honom komma, att ta emot hans kärlek i munnen.

Hon klämde åt runt hans skinkor och kände honom börja darra i benen. Hans ansträngda stön trängde mödosamt ut ur hans strupe och hon förstod att det var nära.

Med ena handen förstärkte hon sin energiska stimulans och med den andra hjälpte hon sig själv.

Erik började rossla och sprätta med benen och hon höll fast honom så gott det gick. Hon tittade upp på hans svettigt blodsprängda ansikte och kände en våg skölja igenom sin kropp.

Att se honom stå där med halsen i snaran som hängde ner från kroken han fäst i källartaket tidigare på dagen tände henne på ett mycket förbjudet och farligt sätt. Att se honom stå där, bakbunden och berövad större delen av sitt syreupptag gav henne en obeskrivlig känsla av kontroll och ett övertag som fick henne att flöda över. Det fick henne mer tänd än något annat. Dels var det känslan av makt och den tillit han hade gett henne, och dels eftersom just detta maktutbyte alltid tände honom extra mycket.

Första gången de provade att dra åt ett rep runt hans hals hade han kommit efter bara några sekunder utan att hon ens rörde honom. Det var han själv som hade föreslagit det, annars hade hon aldrig vågat prova. Han hade gjort det med sig själv sedan han började onanera i tonåren, men Gabriella var den första kvinna som hade velat, eller ens vågat, prova breathplay med honom. Det var bara hon som varit öppen nog att prova.

Och när hon såg honom njuta av det, njöt hon desto mer.

Det var ett förbjudet och perverst tabu. Det var deras eggande hemlighet och det gav dem en stark känsla av samhörighet och, framförallt, en ömsesidig tillit som inte går att nå med vanligt vaniljsex.

I samma sekund som hon tittade upp kände hon hur de hårda stötarna i hennes mun blev salta och hon stönade högt medan detta och hennes fingrar fick henne att komma med honom.

Dessa simultana ögonblick var hennes lyckligaste ögonblick.

Det var fullkomligt på något sätt. Hon älskade Erik och han älskade henne. De kompletterade varandra och kom hårt med varandra. Allt var perfekt och hon önskade att hon hade kunnat stanna i det euforiska tillstånd hon svävade i för alltid.

Men inget varar för evigt.

Orgasmen ebbade ut och hon sjönk ner i verkligheten igen.

Hon kände sig upprymd och glad och släppte sakta greppet om Erik och sjönk ner på golvet för ett par sekunder.

Då hörde hon ett svagt ljud från den elektroniska baby-vaktens högtalare.

Deras lek hade överröstat den och först nu hörde hon Jessicas obehagligt hostande ljud. Det lät som om hon knappt kunde andas.

Dottern behövde henne och hon hade varit upptagen.

Ett första sting av skuld vaknade inom henne.

Nu skulle det bara bli värre.

39

Geväret var som ett kors. Som tvärbjälken på ett kors. Hon bar vapnet som ett straff, som en boja hon inte kunde bli av med. Hon ville slänga bort det, stoppa det i någon av den ödsliga stadens papperskorgar. Hon ville att någon skulle se henne, stoppa henne, ringa polisen, ta henne till sjukhuset, upptäcka att något var fel, ställa allt tillrätta, abortera det blivande barnet innan det var för sent.

Allt hade blivit fel.

Hon ville lämna allt och gå hem, lägga sig i sängen, sova och vakna ur den här mardrömmen. Hon ville vakna, krama om Karl, kliva upp och göra frukost till honom och Jessica. Gå ut på stan med hela familjen, äta glass, köpa lite nya kläder, klippa håret, gå på bio, göra vad som helst som vanliga människor gör.

Men hon gick för att döda en man.

Eller för att själv dö.

Hon visste knappt vilket längre. Gick hon kanske dit för att göra slut på väntan, låta honom få det överstökat?

Vad som än hände skulle det ta slut ikväll. Snart kunde hon gå hem och göra allt det där hon ville. Eller så skulle hon vara borta.

Hon brydde sig inte om vilket. Bara det tog slut.

Och plötsligt var hon framme.

De låga landstingsbyggnaderna var byggda av vitt tegel och låg högt beläget med utsikt över den stora sjön och fjällen utanför staden. Hon hade varit avundsjuk på läget flera gånger. Varför fick Erik bo så fint trots det han gjort? Han hade fått det alldeles för bra. Han borde ha spärrats in för säkerhets skull. Han skulle kunna ta sig till med vad som helst. Han skulle kunna komma efter henne igen. Han skulle kunna döda henne.

Det fanns inga människor i närheten och ingen ifrågasatte att hon gick fram till dörren med förhoppningen att portkoden inte hade bytts sedan hon lyckades se en av sköterskorna slå in den medan hon satt i bilen med en kikare och spanade efter Erik några veckor tidigare. Hon gjorde det ibland, utan att låtsas om det, ens för sig själv.

Dörren låstes upp med ett metalliskt klick och hon gick in med ett djupt andetag.

Hon fortsatte sammanbitet djupare och djupare in i byggnaden. Dörr efter dörr passerade hon i de långa korridorerna utan att läsa på skyltarna. Hon visste vart hon var på väg. Hon hade kollat upp i vilket rum han bodde för länge sedan. Bara för säkerhets skull, intalade hon sig då, bara för att ha läget under kontroll.

Längst in under byggnadens påtryckande tyngd fanns rum 36. Det var grottan där monstret hon kom för att dräpa bodde.

På väg in passerade hon ett dagrum där teven stod på och några av de boende på sjukhemmet satt och stirrade tomt på den blinkande skärmen.

Ingen reagerade på att hon inte hörde hemma där. Ingen av boendets personal syntes till heller. Förutom de hypnotiserade patienterna vid teven verkade byggnaden helt öde. Hon gick, med en känsla av att sväva, in mellan de med trivial offentlig konst dekorerade väggarna, som vore hon osynlig.

Hon hade varit där inne en gång tidigare, låtsats att hon skulle besöka en anhörig, men vågade då inte gå ända fram till dörren som hon gjorde nu. Då hade hon nöjt sig med att titta på den från håll. Nu stod hon mitt framför och undrade hur den kunde se ut som en helt vanlig dörr, med tanke på vad den dolde, med tanke på vad som fanns därinne.

Återigen var det hennes kropp som styrde. Hon tog inget medvetet beslut. Hon tänkte inte på vad hon gjorde. Hon bara följde med som en passagerare medan hon kastade undan tröjan som dolde geväret, öppnade dörren och trängde in i det mörka rummet och dess obehagligt välbekanta doft.

Hon hann in mitt i rummet innan hon förstod vad det luktade. Det var Eriks doft. Den hade fyllt henne med lycka och glädje en gång, hon hade älskat att känna hans trygga lukt. Hon hade alltid legat på hans sida av sängen när han var bortrest för att känna resterna av hans doft. Nu fyllde den henne med skräck.

Hon kände tårarna tränga fram och hon var bara ett par ögonblick från att brista ut i gråt, slänga ifrån sig geväret och springa därifrån. Hon ville inte vara där längre, hon ville fly.

Då fick hon syn på honom.

Han satt i mörkret, hopkrupen på golvet med ryggen mot henne och höll på med något framför sig.

Först kände hon inte igen honom. Han var inte så vältränad som hon mindes honom. Hans frisyr var ovårdad och fel, hans muskler var försvunna och hela hans hållning var annorlunda på något sätt.

Erik var en helt annan människa i verkligheten än han varit under alla år i Gabriellas tankar.

Hon stannade upp och drog chockat efter andan.

Då stelnade han till där på golvet framför henne och satt som om han lyssnade.

Hon grep hårt om geväret och fylldes av adrenalin.

Han höjde sakta på huvudet som om han vädrade med näsan.

Utan att se på henne sa han några ord med grötig röst, som om han inte pratat på väldigt länge.

"Du stinker av rekombinanta gonadotropiner."

Hon drog ännu djupare efter andan när hon hörde hans röst och höjde snabbt geväret.

Riktade mynningen mot hans rygg.

Osäkrade vapnet utan att andas.

Lät fingret glida in i bygeln.

Kände avtryckarens kalla metall mot det spiralformade mönstret på pekfingrets topp.

Kände en iskall hand gripa tag i hennes mage. En kraftfull smärta sköt ut genom hela kroppen och stack som elektricitet i hennes armar och ben.

Framför ögonen svepte ett mörker fyllt med dansade, gnistrande prickar och mönster in.

Smärtan föll hårt och våldsamt som ett brusande vattenfall över hennes kropp.

Allt var blixtar och svärta.

Hon sveptes in i rummets plötsligt inverterade svarta ljus.

Hon lossnade från sin kropp igen.

Hon lämnade den att göra vad den ville.

Bara hon slapp vara med.

Ske vad som ska ske.

Ske vad som måste ske.

40

Med ljudet av Jessicas ynkliga hostande ur baby-vakten hon bar i handen sprang Gabriella oroligt uppför trappan från gillestugan i källaren och vidare upp till barnsängen på övervåningen där hon snabbt lyfte upp sin dotter.

En miljon tankar hann passera Gabriellas hjärna medan hon sprang – vad var det för fel, måste de ringa ambulans, skulle Jessica klara sig, vad skulle hon ta sig till om hon inte gjorde det?

Hon lyfte upp det lilla livet och gjorde som hon lärt sig på mammakurserna.

Hostandet fortsatte några ögonblick innan det plötsligt sprutade slem ur den lilla munnen och barnet kunde andas normalt igen.

Lättad av att faran var över bar hon med sig Jessica till

badrummet och tvättade henne ren. Flickan hade nu lugnat sig så mycket att hon började jollra och Gabriella svarade glatt med samma ljud, som om de talade ett obegripligt språk med varandra. Och på något sätt kommunicerade de faktiskt. Gabriella kände kärleken mellan mor och dotter flöda mellan dem. Det var så starkt nu när rädslan gav vika för glädje att hon nästan inbillade sig strålar av ljus som sakta gled mellan dem.

Det var det enda som inte skulle förändras av vad som höll på att hända. Hur svårt det än blev senare skulle hon aldrig sluta älska sin dotter över allt annat.

Medan barnet låg på skötbordet tog Gabriella på sig sin morgonrock och började känna att något var fel. Något gav henne en sjunkande känsla och hon tog upp Jessica i famnen, som om hon instinktivt försökte skydda dottern inför något som var på väg att hända.

Hon lämnade badrummet och drog sedan plötsligt efter andan när hon började förstå.

I nästa ögonblick var det som om något sprängdes inom henne.

En tryckvåg av adrenalin pressade ut tårar och ett gällt skrik.

"Erik!"

Hon sprang nerför trapporna i full panik medan hon skrek:

"Erik! Erik, jag kommer!"

Jessica kastades omkring i Gabriellas famn medan hon nästan hoppade nedför trappstegen och hon började skrikande gråta av den omilda behandlingen och moderns skräckslagna rop.

Trapporna kändes oändligt långa och de få sekunder det tog att springa från badrummet på övervåningen ner till gillestugan i källaren kändes om möjligt ännu längre än när hon sprang upp för att se till dottern.

Jessica hade hörts hela tiden medan Gabriella sprang. Hon hörde hennes hostningar och visste att hon ännu levde.

Erik däremot var helt tyst. Trots hennes rop fick hon inget svar. Inte ett ljud. Inga kvävda rop på hjälp, eller rosslande andetag.

Explosionen inom henne hade kommit när hon insåg vad hon hade gjort.

Hon hade lämnat Erik stående i snaran.

Hon hade brutit mot den enda regeln – att aldrig någonsin lämna honom bunden ensam.

Nu sprang hon och kände hur det svartnade i utkanterna av hennes synfält, kände hur hjärtat kramades ihop febrilt, kände musklerna i benen darra.

Nu sprang hon och hoppades att det inte var för sent.

Om insikten hade slagit henne som en explosion uppe i badrummet, kändes det mer som hela hennes jag sprack i bitar när hon äntligen kom ner i gillestugan igen.

Hur hade hon kunnat lämna honom?

Synen som mötte henne krackelerade hela hennes väsen och det var som om alla känslor bara rann ur henne. Allt var overkligt. Som om hon såg det utifrån sig själv. Hon försökte ropa till honom, försökte ropa hans namn, men kunde inte längre artikulera ord.

Framför henne hängde Erik livlös i snaran.

Han var blålila i ansiktet och tungan hängde ut som

om den pressats ut av det kraftiga trycket av hela hans kroppstyngd upphängd i repet.

Hon sprang fram och försökte lyfta honom. Men eftersom hon var flera decimeter kortare än honom och han vägde avsevärt mycket mer var det dömt att misslyckas.

Ändå kämpade hon med hans svettiga, slappa kropp som halkade runt i hennes grepp utan att lyftas nämnvärt i nästan en minut innan hon gav upp och släppte greppet om honom. Hans kropp svajade svagt med de böjda benen släpande mot golvet.

Med darrande fingrar försökte hon istället slita upp det hårt åtdragna repet, men knuten satt för hårt och hon fick inget grepp med sina alltför svaga, fumlande fingrar.

Hon hade helt tappat tidsuppfattningen och visste inte om hon försökte i tre sekunder eller tre minuter innan hon släppte repet och äntligen kom ihåg att de hade skaffat en bandagesax just för nödsituationer. Det tog ytterligare några sekunder innan hon mindes var de lagt den.

Hela tiden medan hon letade i repväskan var hon medveten om att Eriks kropp hängde orörlig och blå bakom hennes rygg.

När hon väl hittade saxen lyckades hon snabbt klippa av repet som höll upp Eriks hela tyngd.

Han föll till golvet med en dov duns och blev liggande.

Gabriella tryckte in saxen mellan halsen och repet och lyckades till slut klippa upp själva snaran.

"Andas! Erik! Andas!"

Hon ropade ihärdigt medan hon skakade honom hårt.

Han måste vakna. Hon skulle få honom att vakna.

Det svullna ansiktet hade mildrats något och hon såg på de bultande blodådrorna i halsen att han fortfarande hade puls. Detta gav henne ny energi och hon gav honom några örfilar i hopp om att han skulle vakna till liv.

Då insåg hon att han inte verkade andas.

Hon stelnade till och bara stirrade på honom. Blickstilla, utan att själv andas, såg hon honom ligga orörlig på golvet. Hon letade efter ett tecken, en rörelse, något som tydde på att han drog efter andan.

Men han förblev stilla.

Utan att veta vad hon gjorde backade hon baklänges, kröp ända bak till väggen, fortfarande stirrande på Eriks bröstkorg. Fortfarande utan att själv andas.

När väggen stoppade henne stormade mörkret som funnits i utkanten av hennes synfält in och förblindade henne helt. Känslan av att befinna sig i kroppen försvann och hon upplevde det som om hon svävade i en tom, mörk rymd.

Hon tyckte sig sväva strax under taket, hon tyckte sig titta ner på både sin egen och Eriks stilla kroppar.

Hon var helt oförmögen att göra något.

Hennes liv låg i spillror under henne, framför henne.

Om Erik var död, vad skulle hon då leva för?

Mörkret var meningslös tomhet.

Om Erik inte andades, ville inte hon göra det heller.

Hennes kropp kändes avlägsen och främmande. Hon ville lämna den och glömma vad hon ställt till med. Hon ville inte veta.

Hon ville att allt skulle försvinna.

Då hörde hon något som drog henne tillbaka till verkligheten.

Ett ljud skar genom det kompakta mörkret och drog henne tillbaka till världen utanför hennes inre svärta som ett skarpt ljussken.

Det var Jessicas gråt hon hörde.

Barnet låg på golvet och skrek efter sin mor.

Förlamningen släppte och Gabriella kastade sig upp, sprang fram till Jessica och tog försiktigt upp henne i sin famn. Höll henne tätt intill sig. Kände hennes livliga kropp sprattla full av liv intill hennes.

Då insåg hon att hon måste leva. Hon måste leva och ta hand om Jessica. Hon skulle aldrig svika henne igen, hon skulle aldrig svika någon igen. Hon skulle aldrig försvinna iväg från verkligheten och göra något själviskt så att någon annan blev lidande.

Hade hon inte varit så upptagen av sin egen njutning hade hon hört när Jessica behövde henne. Då hade hon också tänkt på att Erik behövde hennes hjälp att komma loss.

Nu skulle hon aldrig sätta sig själv före någon annan.

Hon skulle se till att alla andra hade det bra. Det skulle bli hennes botgöring. Hon skulle bli en ny människa. Bara hon fick glömma varför, bara hon fick glömma vad hon hade gjort.

Maniskt strök hon över Jessicas rygg, mest för att lugna sig själv. Hon torkade sina tårar och försökte vagga dottern så hon också skulle lugna sig och sluta skrika.

Då hördes plötsligt ett rosslande ljud från Erik. Han satte sig vingligt upp och såg sig förvirrat omkring.

Gabriella stelnade till.

Istället för att bli lättad av att han levde såg hon direkt att något var fel. Något var annorlunda hos Erik. Han hade förändrats.

Det var något med hans ansikte. Hela uttrycket var fel. Det var som om han hade någon annans ansikte på sig. Hans anlete var henne främmande.

Han drog ljudligt efter andan och tog sig för halsen. Kravlade omkring och tog sig sedan upp på alla fyra. Kröp runt och flämtade efter luft.

Sedan såg han rakt på Gabriella.

Den blick som mötte henne var inte hennes Eriks. Det var någon annans. Det var en blick som gjorde henne iskall och rädd.

Instinktivt backade hon undan honom och reste sig upp med Jessica hårt i sina armar.

Erik kämpade med sin balans, som om han hade svårt att resa sig upp. Han var vinglig och stod hukad med armarna utsträckta för att inte falla omkull. Munnen var förvriden i en konstig grimas och hon var osäker på om han såg rädd eller aggressiv ut.

Först gav han ifrån sig ett konstigt morrande läte och sedan ett gällt skrik. Det var ett panikslaget skrik som om han insåg att något oåterkalleligt hade hänt honom, som om han insåg att något var fel och att han aldrig skulle kunna göra något åt det.

Som om han förstod att han gått sönder.

Han höjde ena handen och sträckte den svajigt mot henne medan han försökte ta ett steg framåt.

När han talade begrep hon inte vad han sa. Han sluddrade och vräkte ur sig obegripliga stavelser.

Det lät som bokstäverna i orden han försökte uttala blivit slumpmässigt omkastade och hon såg på hans blick att han frustrerat kämpade för att få dem rätt. Han försökte artikulera, men lyckades inte då något var fundamentalt fel i hans hjärna. Det var lättare att förstå Jessicas joller än den ström av ljud Erik nu gav ifrån sig.

På något sätt verkade han förstå hur han skulle röra benen för att hålla balansen och för varje steg han tog mot henne blev han allt stadigare.

För varje steg han tog blev han allt svartare och mer sammanbiten i sitt ansikte.

Gabriella blev rädd igen. Men inte för sin egen skull. Hon var rädd för vad Erik skulle kunna göra med Jessica.

Hon förstod att han inte längre var hennes Erik.

Han var någon annan.

Någon som ville henne illa.

Hon backade mot trappan och började gå upp. Med lugna steg först, men sedan allt snabbare när hon hörde honom följa efter.

Han hade slutat försöka prata nu. På något sätt hade han förstått att han inte kunde formulera ord längre. På något sätt förstod han vad syrebristen hade gjort med honom, vad den hade ställt till med i hans hjärna medan han hängde i snaran.

Och han förstod vems fel det var.

Obevekligt och allt snabbare kom han efter Gabriella.

Hon hade förstört honom.

Hon flydde nu för sitt liv.

Erik kom efter henne för att döda henne.

41

Smärtan inom henne kunde ha slitit Gabriella i delar om hon inte hade hållits samman av ett starkt yttre tryck som pressade ihop hennes kropp så att hon knappt kunde andas.

Hon stod nu i Eriks rum på sjukhemmet med geväret riktat mot hans nacke, beredd att trycka av, men oförmögen att röra sig.

Runt henne växte den oformliga svärta som trängde ut ur hennes ögon, ut ur hennes inre, och växte som ett kompakt fysiskt mörker i rummet omkring henne.

Hon fyllde rummet med skräckfyllt, stinkande mörker, som en retirerande skunk med sina körtlar blottade.

Den kropp som stod i rummet kändes inte som hennes, den var ett höljde hon hade evakuerat för länge sen, hon hade bara följt med lite på sidan om av gammal vana. Nu pumpade hon ut en svart ridå av kondenserad skräck för att dölja sin flykt undan den ondskefulla köttansamling som hon hade kallat sin kropp under alla dessa år.

Nu förstod hon att det var en falsk spegling, en kopia, en negativ förvanskning av hennes sanna jag. Hon hade separerats från sin riktiga kropp för många år sedan och levt i en bortbytings kött.

Det förklarade allt hon hade gjort.

Det förklarade ondskan som omgett henne och fått henne att göra allt det hon inte ville göra.

Det var denna främmande kropp som hade ignorerat Jessicas gråt och det var den som hade låtit Erik hänga kvar i snaran.

Den hade gjort det med flit.

Allt Tommy sagt om att hon inte satt fast i sin kropp måste ha varit sant. Hon hade hällts in i ett kärl som inte passade henne. Inte så konstigt att allt varit så svårt för henne.

Det var inte hennes fel.

Det kunde inte vara hennes fel.

Hon hade inte varit sig själv, hon hade kontrollerats av den där andra kroppen hon tvingats bära, hon hade inte haft nåt val.

Inte var det väl hennes fel?

Utanför de i mörkret till synes försvunna väggarna hördes ett svagt, krypande ljud. Det var ett myllrande av små ben som rörde sig därute. Som om mörkret i själva verket var ohyggliga mängder små spindlar som krälade omkring över varandra.

Gabriella ville skrika, men kunde inte röra sig, hon var helt orörlig där hon svävade några steg bakom kroppen som höll i geväret.

Hon såg på scenen som om hon var en åskådare bakom sig själv.

Hon såg sin nacke, huvudet som lutade mot kolven och siktade över pipan mot Erik, som hukade på golvet.

Hon såg honom plötsligt vända sig om.

Han såg rakt mot henne. Inte mot Gabriellas kropp, inte mot geväret, utan mot den svävande tomhet uppe vid taket där hon tycktes befinna sig.

Nu såg hon vad det var han hade gjort på golvet.

Framför sig hade han ritat ett mönster. Ett intrikat

mönster runt tolv cirklar. Ett rött och kladdigt mönster målat med blod från ett sår i tinningen som han verkade ha klöst upp med sina egna naglar.

Det var samma mönster som hon sett i visionen på galleriet och sedan hos Tommy. Det var mönstret som hade lyst med bländande intensitet i drömmen hon haft nere i källarförrådet.

De flimrande små blixtarna i hennes synfält ökade i styrka och hon kämpade med att dra efter luft trots att hon inte längre besatt någon kropp.

Mörkret tätnade och hon kände att hon skulle kunna förlora medvetandet när som helst.

Då hörde hon Eriks skrovliga röst igen. Han såg rakt på henne med sina främmande, otäcka ögon och viskade:

"Att du skulle komma, hon sa, att du skulle."

Hon hörde knappt ljudet, läste mer på läpparna.

Hon förstod egentligen inte vad han menade. Hon såg bara på läpparna. Mindes vems läppar det varit en gång. Mindes vad de hade kunnat göra med henne.

Mindes vad hon ville att de skulle göra med henne.

Ute i rummets mörker tog en diffus skepnad form.

Den bleka varelsen insvept i svärta närmade sig.

Doft av salta vätskor – fuktiga fotsteg.

Gabriella hörde det inte, kände det inte.

Hon hade trängt djupt in genom den sträva hinnan i mörkret.

Hon hade lämnat rummet långt bakom sig.

Kvar i rummet fanns bara hennes skal.

42

Gabriella kände inte hur ont det gjorde i hennes nakna fotsulor när hon sprang över grusgången utanför villan den natten när hon flydde undan Erik och det fruktansvärda hon gjort mot honom.

Det var som om världen inte fanns runt henne längre. Som om hela existensen halkat utom räckhåll för hennes medvetande. Allt som fanns var en virvlande sörja av svart stinkande kaos som sprutade upp ur hennes fördärvade innanmäte.

Barnet i hennes famn fick henne till slut att fokusera på något sätt. Fokusera på flykten, stegen och det hårda gruset. På att hålla dottern säker. Det var det enda som trängde in genom hennes sinnen, inget annat existerade för henne.

Inget utom Erik.

När hon kastade en kort panikslagen blick över axeln såg hon honom komma efter henne ur huset. Fortfarande naken och med en extrem grimas någonstans mellan skräck och vrede. Fortfarande med en blick så främmande att det nästan var en okänd man som jagade henne.

Gabriella sprang och samlade mörker runt sig. Det var som om hon sög åt sig det ur natten och samlade det inom sig, i ett svällande fuktigt membran, djupt inne i kroppen. Hon samlade mörker och svepte in det som hänt i tjocka lager ogenomtränglig svärta. Kapslade in tanken på att det var hon som med sin tanklöshet hade haft sönder Erik, förstört det i honom som hon älskade och trasat sönder deras tillvaro tillsammans. Hon hade förstört hela deras familj. Allt var hennes fel.

Hon sprang och lämnade det som hänt nere i gillestugan bakom sig. Hon lämnade hela sitt tidigare liv bakom sig.

Allt hon ägde lämnade hon kvar i villan.

Och hon skulle aldrig komma tillbaka för att hämta det.

Bakom henne sprang Erik allt stadigare och hon förstod snabbt att hon inte skulle kunna hålla sig undan honom länge. Därför sprang hon, flygande, fylld av endorfiner, längs gatan och svängde upp mot ytterdörren på ett hus där hon såg att ljuset fortfarande var tänt.

Hon ryckte häftigt i handtaget och bankade sedan hårt på dörren när hon kände att det var låst.

"Öppna", skrek hon häftigt. "Öppna, det är er granne Gabriella! Snälla öppna!"

Medan hon ropade slog hon desperat så hårt på fönstret bredvid dörren att det krasade i glaset för varje slag.

På grusgången bakom sig hörde hon Eriks steg närma sig.

Vad som än hände tänkte hon inte vända sig om. Hon ville aldrig se in i de där demoniska ögonen igen.

Men innan Erik hann ifatt henne låstes dörren upp. Gabriella trängde sig in och knuffade i farten till mannen i träningsbyxor som öppnat. Han föll vinglande till golvet medan hon tryckte igen dörren och låste.

Sedan hann hon bara ta ett par steg bakåt innan Eriks kraftiga kropp brakade mot dörren med full kraft. Den tunga dörren rörde sig i sina fästen medan han slog, slet och drog i den. Trots det kunde han inte få upp den och hon hörde honom skrika osammanhängande ord medan han slog med knytnävarna mot det spräckta glaset i sidofönstret bredvid dörren.

Grannen kom på fötter i samma ögonblick som hans fru dök upp trappan till övervåningen. Hon stod klädd i pyjamasbyxor med en tandborste i handen och såg oroligt först på sin man och sedan på Gabriella som andfådd höll sin hysteriskt skrikande dotter i famnen.

"Gabriella? Vad är det som händer", frågade kvinnan oroligt.

Utanför dörren skrek Erik och försökte forcera det smala fönstret.

Gabriella kämpade fortfarande med att formulera ord utan att lyckas. Även om hon hade kunnat tala hade hon inte en aning om vad hon skulle ha sagt.

Hur skulle hon kunna förklara?

Mannen framför henne såg skrämt på Gabriella och frågade:

"Har han slagit dig? Vad har han gjort?"

Kvinnan drog efter andan och frågade:

"Vem är det därute? Vem är det som har slagit dig?"

"Det är Erik som är därute", svarade mannen och lade försiktigt handen på Gabriellas axel. "Gabriella, vad har hänt?"

Först då lossnade hennes mentala paralysering och hon ropade häftigt:

"Ring polisen! Ring polisen, nu!"

Medan poliserna tjugo minuter senare tryckte ner den våldsamt kämpande Erik på gräsmattan och satte handfängsel på hans blodiga nävar, låste Gabriella in sig på grannarnas toalett.

Där klädde hon snabbt av sig morgonrocken hon hade fått i julklapp av Erik och tryckte ner den i toaletten. Den kändes smutsig. Hon ville bli av med allt som påminde om honom och i sitt chocktillstånd tänkte hon inte längre klart. I själva verket hade hon nog avsett lägga den i tvättkorgen.

För ett par sekunder såg hon sig själv naken i badrumsspegeln och tvivlade på vem hon såg. Sedan försökte hon spola ner morgonrocken som genast fastnade i avloppet och fick vattnet att börja svämma över.

I samma ögonblick, nästan på samma sätt, vällde ångesten upp inom henne och hennes krampande mage stötte upp sur vätska i hennes mun. Det fanns ingen chans att känna någon annan smak än magsyran, ändå tyckte hon att smaken var tydlig i hennes mun.

Smaken av Eriks salta kärlek som hon hade svalt tidigare.

Det fick henne att kräkas i den redan översvämmade toaletten. Spyan rann ner på golvet och fortsatte mellan hennes hopknipna tår på väg mot golvbrunnen.

Inom sig utplånade hon tankarna på vad hon hade orsakat. Hon utplånade sin skuld. Hon utplånade Erik ur sitt liv. Hon utplånade själva kärleken.

Hon utplånade kärleken och ersatte den med mörker.

Runt henne slöt sig ett hårt skal.

Runt henne och hennes mörker bildades ett isolerande membran.

Hon slöt sig inom sig själv och skulle inte komma ut

förrän ytspänningen runt henne började spricka femton år senare.

43

Plötsligt förstod Gabriella vad den klafsande närvaron i sjukhemmets mörker var. Skepnaden som följt henne ut ur tavlan och färdats med henne den senaste veckan. Medan hon siktade med geväret mot Eriks huvud föll allt på plats.

Hennes ånger, hennes skuld och skam.

De tolv sfärerna i den vita visionen och den svarta gestalten.

Det ofrivilliga barnet.

Karl och Jessica.

Och så katalysatorn framför henne.

Erik var hennes nyckel. Det var han som låste upp allt hon stängt in och förträngt, förvisat in i mörkret.

Allt det hon inte velat tänka på forsade in över henne som stormflod av känslor hon försökt hålla under kontroll så länge.

Plötsligt mindes hon, plötsligt kunde hon tänka på vad som hade hänt, plötsligt visste hon att det inte varit Eriks fel.

Allt var hennes fel.

Fördämningarna hade varit på väg att brista under lång tid. Sprickorna i fasaden hade varit svårare och svårare att dölja och vattnet hade forsat mellan hennes ben länge.

Nu föll allt och det fanns inte längre något hon kunde

göra för att hindra det. Dammen spolades nedströms med hennes tårar.

Minnet av vad som faktiskt hade hänt den där natten sköljde okontrollerat över henne och den svarta sörjan av undanträngda känslor slet med sig allt i sin väg.

Det var hennes fel.

Hon kastade undan geväret och skrek. Hårt och djupt, från djupet av sitt inre. Ett fängslat, sista skrik som äntligen kunde fly ur sin fångenskap. Hon sjönk ner på knä och skrek tills hon inte längre fick luft. Då tätnade det flödande mörkret runt henne, stelnade till ett svart kristallklot som kapslade in henne.

Den mörka skepnaden försökte med sina vassa fingrar sticka sig in genom den hårda, blanka ytan för att nå henne. Den försökte tränga igenom det kristalliska skalet för att få kontakt med Gabriella som nu var helt försvunnen.

Varelsen tecknade metodiskt sina symboler på det koagulerade mörkret, försökte få det att ljusna av alla sina krafter. Den kämpade för att bryta sönder mörkret, spräcka det hårda membranet och befria den inkapslade, blivande modern.

I det ögonblicket existerade inte Gabriella. Allt som fanns var kompakt mörker. Mörker och en påträngande doft av fostervatten.

Skepnaden fortsatte sina rörelser, sin ritual, sitt försök att skingra kapseln runt Gabriella. Ett skärande ljud ökade i styrka och på något sätt tyckes det flytande mörkret runt dess kropp flöda ner över det svarta klotet. Inne i det allt tunnare mörkret anades uppenbarelsens bleka kvinnokropp.

Det genomträngande ljudet ökade i styrka och det var som om något var på väg ut ur det svarta klotet. Skepnaden pressade undan mörkret med all sin kraft, förvisade svärtan tillbaka ner i den avgrund ur vilken det kommit.

Tillvaron splittrades runt Gabriella och mörkret rämnade. Svärtan som försökt smälta sig fast vid henne henne föll som vassa skärvor till golvet. Den kritvita unga kvinnan framför henne manifesterades slutligen fullständigt ur mörkret och tycktes för ett ögonblick ha en verklig, fysisk form. Det verkade vara en flicka som log ett plötsligt och hoppfullt leende mot Gabriella som nu äntligen hade slutat skrika.

Gabriellas medvetande hade varit fullständigt försvunnet för några ögonblick och det första hon såg var flickans leende. På något sätt förde det henne till ytan av medvetandet igen. Hon återvände till verkligheten och den påträngande doften av kroppsvätskor försvann. Runt henne fanns bara den unkna lukten av Eriks instängda rum.

När hon försökte höja handen och röra vid den bleka flickans kind var hennes blick så suddig av tårar att allt hon såg framför sig var en svagt lysande, diffus skepnad. Hon drog tillbaka handen för att torka tårarna ur sina ögon och när hon såg klart igen var flickan försvunnen.

Hon såg sig omkring och upptäckte att Erik vänt sig mot henne igen. Han tittade nu rakt på henne och kliade med fingrarna runt det kladdiga såret i tinningen.

Och för ett ögonblick såg hon en glimt i hans ögon.

För några sekunder verkade det som om det var hennes gamla Erik som betraktade henne, som om de fick kontakt igen. En strimma hopp glimtade till i henne. Kunde allt bli som det var?

Sedan drog en diffus slöja över hans blick igen, så snabbt att ögonen nästan tycktes skifta färg. Han harklade sig och sa med något tydligare röst:

"Lång tid att avsluta det här nu, tycker du inte, Gabriella?"

Det hade tagit många år av rehabilitering innan han kunde prata igen. Och det var fortfarande svårt att konstruera korrekta meningar. Han hade bättre och sämre dagar, men han skulle aldrig bli fullständigt klar i huvudet igen, det visste Gabriella. Det hade läkarna berättat för henne. Hjärnskadorna var för omfattande. Han hade varit utan syre för länge. Hade han inte varit så vältränad och stark hade han förmodligen aldrig ens överlevt.

Hon hade inga tårar kvar, inget skrik kvar hon kunde pressa ut. Bara ett ynkligt gnäll.

"Förlåt", viskade hon.

"Flickan sa att mörkret skulle falla", sa Erik som om han inte hört hennes viskning.

"Förlåt mig", sa hon och såg på honom för att se om han uppfattade henne. "Förlåt mig, Erik."

Han tittade på henne och hon såg den där bekanta glimten igen. Nånstans därinne fanns kanske spår av hennes Erik fortfarande kvar.

"Det var mitt fel", fortsatte hon. "Det är mitt fel att du är så här."

"Varför kommer inte du hit nånsin", frågade Erik.

"Jag kan inte, jag får inte. Det går inte. Jag har förstört

ditt liv. Våra liv. Jag förstörde vårt liv."

"Men Jessica då? Lilla Jessica är orolig! Pappa, pappa!? Ropar hon så nånsin? Kan du säga var är hon?"

"Hon är stor nu, allt är bra med henne. Förlåt. Du borde fått träffa henne, men jag var så rädd..."

"Jag vill vara pappa. Jag vill se min dotter mer än en gång i parken. Jag längtar henne..."

"Jag vet", snyftade Gabriella och kände en sorts kramp i hjärtat.

"Ibland glömmer jag henne så hemskt... Är det sant att du är här?"

"Ja, Erik, jag är här."

"Jag är fast som i ett nät. Du har fångat mig."

"Förlåt mig, jag..."

"Du skulle kunna äta mig nu. Jag ser det i alla dina ögon."

Hon började sakta förstå hur han såg henne. Det var hon som var hotet. Hon var spindeln och han var fast i hennes nät. Erik fortsatte ynkligt:

"Det är så mörker, mycket överallt. Var har du varit?"

"Jag har varit så rädd för dig. Lagt skulden på dig."

"Mörkret har mig så ensamt utan ljus."

"Det är mörker överallt", sa hon och sträckte fram en hand mot honom. Först var hon instinktivt på väg att smeka hans kind som hon brukade göra förr. Sedan ändrade hon sig och lade handen på hans arm. "Och jag har varit djupt inne i det. Jag håller på... Jag försöker leta mig ut. Det är svårt. Men på nåt sätt har du hjälpt mig. Jag förstår nu. Det var mitt fel. Jag måste reda ut allt innan jag förstör fler liv. Innan jag förstör för Jessica och Karl.

Innan jag förstör för *henne.*"

Hon lade den andra handen på sin mage och tänkte att hon snart skulle ha en dotter till att ta ansvar för.

"Min är hon väl inte", frågade Erik.

"Hon borde vara."

Hon borde vara, upprepade Gabriella inom sig utan att tänka riktigt klart. Hon hade fortfarande inte full kontroll över sin kropp, hon var fortfarande utlämnad åt dess handlingar.

"Och det borde ha varit du och jag. Nu ska vi göra henne till din", sa hon utan att själv förstå vad hon menade. "Nu ska vi göra henne till din, så som det var tänkt att vara."

Gabriella kände hur smärtan i magen, pirrandet i händer och fötter, det hårt bankandet hjärtat – allt – skrek åt henne att ge sig av.

Men först när hon hade tagit av sig skorna och knäppt upp sina byxor förstod hon vad hennes kropp var i färd med. När hon drog av sig tröjan var det ingen tvekan längre. Hennes sinne och hennes kropp var ännu inte riktigt sammankopplade.

Kroppen ville fortfarande ha Erik. Den längtade efter honom, och den hade längtat många år nu. Den var mer än redo att möta honom igen, trots att hennes medvetande kämpade emot.

Avståndet mellan Gabriellas kropp och sinne kunde inte ha varit större än nu – fysiskt var hon het, psykiskt var hon iskall.

Hon skulle göra bot i en sista förvirrad handling.

Hon kunde inte hejda sig i sin förvridna logik.

Det här skulle bli hennes klimax på hela katastrofen.

Cirkeln av hennes ondska och misär skulle slutas om hon låg med honom igen.

Om hon lät honom göra mot henne vad hon hade gjort mot honom.

Om hon lät honom komma och avsluta det han haft i sinnet då han jagade henne över gruset.

Om hon lät honom komma ur mörkret och...

Erik skrek. Rakt ut, ohejdat, gällt och skräckslaget.

När han såg Gabriellas nakna kropp drog han sig reflexmässigt baklänges i panik. Han stirrade som fastlåst på hennes blottade kön och skrek som om han fruktade för sitt liv.

Gabriella tog ett tvekande steg fram. Det var inte den reaktionen hon hade förväntat sig.

Hennes nakenhet gjorde honom livrädd. Påminde om det som hade hänt. Hennes kön var som döden för honom.

"Kom och ta mig nu, gör henne till din", sa hon tvekande och tvivlade plötsligt på sina egna ord.

Hon kände plötsligt hur fel allting var.

Hon insåg plötsligt vad hon höll på med.

"Nej! Inte igen", skrek Erik gällt som ett barn. "Försvinn, försvinn! Jag vill inte! Döda mig inte!"

Gabriella insåg att det var hon som var den onda av de två i rummet. Det var hon som skadat Erik, det var hon som vägrat honom att träffa sin dotter, det var hon som var på väg att förgripa sig på honom nu när han inte ens kunde försvara sig.

Det var hon som var mörkret utan form, det var hon

som var på väg att förinta Erik, på väg att förinta sig själv. Den bleka kvinnoskepnaden i mörkret, hennes ofödda dotter, hade manifesterats för att varna henne för henne själv.

Det var Gabriella själv som skulle komma ur mörkret för att döda.

Och plötsligt kunde hon ta kontroll över kroppen igen. Den förlorade all sin laddning, all uppdämd energi som drivit den forsade ut och lämnade henne kvar att ta hand om resterna.

För några ögonblick var hon fullständigt öppen, psykiskt och fysiskt. Urin rann längs hennes ben och tårar ur ögonen. Hennes själsliga behållare var fullständigt spräckt.

Efter några sekunder började hon backa undan den skräckslagne mannen hon hade framför sig. Hon höjde händerna som för att visa att hon inte tänkte röra honom, att hon inte menade något ont.

"Sssch", hyssjade hon och försökte få honom att sluta skrika. "Förlåt mig... Det var inte meningen..."

I korridoren utanför rummet hördes plötsligt steg som närmade sig och Gabriella blev snabbt medveten om att hon var naken.

"Förlåt mig, förlåt för allt", sa hon och slet åt sig kläderna hon slängt på golvet. Snabbt drog hon på sig sina byxor utan att bry sig om att leta efter trosorna. I ena handen hade hon tröja och behå, i andra en av strumporna. Skorna hade hon sparkat undan och nu hittade hon dem inte.

Förvirrat stannade hon upp med kläderna i famnen

och fick för sig att hon var kvar i Tommys lägenhet och såg nästan hans blodiga kropp framför sig. Inte var det hon som hade skjutit? Minnet av vad som hänt var rörigt, men hon var nästan säker på att det inte var hon som hade skjutit. Bara hon hade fått med sig alla kläder därifrån så skulle ingen veta att hon varit där. Kanske måste hon se till att hitta allt nu också, så ingen förstår att hon varit här med samma gevär. Men inte hade hon väl skjutit? Var är geväret? Hade hon verkligen haft ett gevär med sig? Och var fanns alla kläder? Måste hitta allt. Samla ihop allt. Samla ihop sig själv. Alla spräckta och krackelerade delar måste pusslas samman. Som kintsugi-skålen därhemma i bokhyllan.

Det fanns dock ingen tid att leta längre.

En av boendets sköterskor ryckte upp dörren för att undersöka Eriks hysteriska skrikande. Gabriella sprang instinktivt mot kvinnan, knuffade undan henne och fortsatte ut i korridoren där hon lyckades dra på sig tröjan medan hon snabbt rörde sig mot utgången.

Barfota sprang hon förbi den nästan ändlösa raden av dörrar.

Det var som om hon aldrig kom fram.

Hon hade alltid några dörrar kvar innan hon kom ut.

Som om hon sprang i en mardröm.

44

När hon till slut, efter några kvarter, insåg att ingen följde efter henne stannade hon och tog på sig behån som hon krampaktigt hållit i handen medan hon sprang. Den enda strumpan hade hon tappat och skorna låg kvar i mörkret hon lämnat bakom sig.

På något sätt kände hon sig ändå lättad.

Allt hade klarnat på något sätt. Hon visste inte hur hon skulle gå vidare, men nu hade hon äntligen förstått vad det var hon hade flytt från så länge. Vad hon hade haft dolt inom sig.

Hon hade penetrerat sitt mörker och lärt känna dess hemlighet.

Så även om hon hade en lång process av läkande och botgöring framför sig var hon lättad.

Det kändes som hon hade återtagit kontrollen över sin kropp, sig själv, sitt liv, och det gav henne för första gången förhoppningar inför framtiden.

Sammanbrottet hade till slut renat henne.

Hon hade för första gången på länge saker att se fram emot.

Hon skulle försöka hjälpa Erik så gott hon kunde. Häva besöksförbudet hon i sin förvirrade rädsla hade tvingat fram. Låta honom träffa Jessica om Jessica själv ville.

Hon skulle få kraft nog att göra allt bra med Karl. Stödja honom i hans pressade situation på jobbet.

Hon skulle äntligen kunna vara mamma och prata med Jessica om det där som pågick i hennes liv, det som hon försökte dölja för familjen. Det där som Gabriella sett glimtar av men inte haft ork nog att ta upp.

Hon skulle kunna hitta tillbaka till glädjen i sitt eget jobb.

All denna gråt och alla dessa skrik hade rensat ut

hennes smutsiga inre.

Hon hade tänkt det många gånger förut, försökt inbilla sig själv, men nu visste hon att det var på riktigt.

Nu skulle verkligen allt ordna upp sig.

Hon log till och med mot busschauffören när hon insåg att mobiltelefonen, med betalkortet instoppat i fodralet, låg kvar i hennes byxficka och att hon därför kunde betala biljetten för att åka tillbaka ut till Henriks stuga.

Det var måndagsmorgonens första buss. Chauffören var på väg ut mot landsbygden för att hämta upp pendlande arbetare som skulle åka med in till stan på vägen tillbaka. Därför satt hon ensam på den folktomma bussen och lät tusen tankar virvla omkring i sin hjärna.

Hur kunde hon ha trott att Erik tänkte döda henne?

Varför hade hennes inre format en så konstig tanke?

Och vad hade skapat hela detta märkliga scenario med den svarta skepnaden? Var det någon yttre kraft som påverkat henne? Var det verkligen den ofödda inom henne som startat det hela? Eller hade hon själv konstruerat en form åt sitt undermedvetna bara för att förmå sig själv att gå in i mörkret och äntligen konfrontera det?

Vad som än låg bakom sammanbrottet så var hon tvungen att reda ut sitt liv om hon skulle överleva. Det var så enkelt och så svårt.

Hur ska jag kunna finna mening igen, undrade hon. Hur ska jag kunna ge mening till det här livet? Hur ska jag kunna bli mig själv igen? Hur ska jag kunna leva för min egen skull och inte bara för andras?

När hon en dryg halvtimme senare klev av vid busshållplatsen nere vid vägskälet hade hon bara tio minuters promenad kvar upp till stugan men fortfarande inga svar på sina funderingar.

Ivrig att komma fram började hon springa längs grusvägen.

Stenarna var vassa och gjorde ont under hennes nakna fötter. Hon kände varenda steg, men slog inte av på farten. På något sätt tyckte hon om smärtan, den gjorde kontakten mellan hennes kropp och hennes jag ytterst påtaglig och stark. Det var något hon hade saknat länge, hon njöt verkligen av att känna världen existera rent fysiskt runt sig.

Och så var det ju på något sätt passande att hon avslutade hela den här mörka perioden i hennes liv på samma sätt som den hade inletts – med en språngmarsch över hårt grus.

Med detta i tanken ökade hon farten och sprang till slut så fort hon orkade. Steg för steg flög hon fram tills hon kände hur benen försvann under henne och hon nästan gled fram över vägen.

Istället för att gå in i sig själv, öppnade hon sig och lät sig själv flyta ut i världen, utanför kroppen.

Svävande utanför sig själv var hon i det ögonblicket ett med världen.

Sedan såg hon sig själv och tillät sig att existera som en individ igen. Hon hade lika stor rätt att finnas i världen som alla andra, trots det som hänt. Hon kände kontakten med verkligheten igen.

Men gruset och fötterna under henne var oväsentliga nu. Allt som fanns var en längtan att vara framme.

Längtan efter att återuppta sitt liv.

Längtan efter att leva ett verkligt liv.

Men utan att lämna någon ensam igen.

Aldrig överge någon.

Inte ens sig själv.

45

Trots att det var så tidigt på morgonen hade solen redan varit uppe flera timmar. Eftersom Gabriella inte hade sovit kändes det för henne som om det var mitt på dagen. Hon blev därför förvånad över att dörren till stugan var låst och att ingen kom och öppnade direkt när hon knackade på dörren.

Först blev hon orolig över att det inte var någon hemma, men eftersom bilen stod kvar på gården borde Jessica och Henrik också finnas kvar i stugan.

Hon noterade att bilen hade flyttats sedan hon gav sig av. Hade de varit ute och åkt nånstans? Bara de inte varit i stan och letat efter henne. Tänk om de hade varit där och råkat se henne när hon mådde som värst. Tänk om de hade mött henne när hon var på väg ner i källarförrådet med geväret. Det hade kunnat bli fullständigt katastrofalt.

Förmodligen hade de nog bara varit ner till byn och handlat, försökte hon lugna sig med och knackade igen.

Medan hon stod där och hörde den svaga vinden susa i träden medan fåglarna kvittrade i skogen kände hon hur de senaste dygnen kändes alltmer overkliga. Som om det var någon annan som upplevt alltihop.

Kanske var det på sätt och vis så också. Hon hade gått omkring och varit någon annan ända sedan incidenten med Erik. Hon hade spunnit in sig själv i en kapsel av mörker.

Nu hade hon äntligen börjat ta sig ut. Alla funderingar, grubblandet på bussen, även om hon inte hade lösningen ännu så var hon äntligen på väg att bli sig själv igen.

Dörren låstes upp och Henrik, nyvaken och förvånad, tittade ut på henne.

Gabriella kastade sig om halsen på honom och kramade honom hårt några sekunder innan hon fick syn på Jessica i pyjamas längre in i hallen.

"Jessica", ropade hon. "Min lilla älskling, kom!"

De kramades och Gabriella började gråta över sin dotters axel. Hon kände samtidigt hur spänd Jessicas kropp var. Det var något som inte stod rätt till.

Gabriella hade svikit henne insåg hon. Lämnat henne ensam med Henrik hela helgen, trots att hon hade lovat att de skulle umgås och hitta tid att prata. Jessica hade haft något hon ville prata om och Gabriella hade undvikit det länge nog nu. Äntligen skulle de ha tid att hitta tillbaka till varandra.

Hon höll den spända kroppen i sina armar och mindes hur liten den hade varit när hon flydde över gruset undan Erik.

Det var så länge sedan nu.

Allt var annorlunda nu. Hennes familj skulle bli hel igen.

"Var har du varit", frågade Jessica när de efter en

stund släppte varandra.

"Jag hade något som jag var tvungen att reda ut", sa Gabriella. "Det var väldigt jobbigt, men nu är det över."

"Varför vill du inte berätta? Varför stängde du av telefonen?"

"Jag lovar att berätta så fort jag fått samla mig. Det har varit några väldigt intensiva dagar nu. Men nu är det över. Vi får prata ikväll, gumman. Jag lovar. Då ska jag berätta allt. Känns det okej?"

"Det gör det väl", svarade Jessica besviket och Gabriella förstod att hon ljög. Inget var okej, men de höll båda uppe fasaden.

"Jag tänker ta ledigt från jobbet ett tag framöver, då kommer vi få tid att prata och umgås. Och du har ju sommarlov om en vecka. Vi skulle kunna ta en weekend-resa om du vill? Du ville ju åka till London? Vad säger du om det? Skulle du vilja det?"

"Ja, det är klart jag skulle", svarade Jessica som om det var en otroligt dum fråga. Sedan trotsade hon sin bekymrade min och log svagt några ögonblick mot sin mor. "Om vi åker redan nu till helgen. Inte sen nån gång, utan nu. Jag vill åka nu. Bara du och jag."

"Det kan vi göra. Vi tar en långhelg."

"Lova det då. Lova på riktigt."

"Jag lovar på riktigt. Om du gör dig i ordning nu, du måste hinna med bussen till skolan."

"Jag vill inte gå till skolan idag, jag orkar inte."

"Det är klart du ska. Kämpa lite till så är terminen slut snart. Du ska väl på den där avslutningskonserten i kyrkan idag också?"

"Jo, men... Det har varit så mycket nu. Jag orkar inte. Jag känner mig tom."

"Jag vet hur det känns. Bara lite till. Det blir bättre snart."

Gabriella kände sig plötsligt som en mamma igen. Hon ville ta hand om Jessica och ställa allt tillrätta. Hade hon inte behövt spendera dagen ensam, i lugn och ro för att samla sig och komma i balans, hade hon låtit Jessica skolka och stanna i stugan en dag till.

"Jag för över pengar till dig så du kan äta frukost i stan. Då hinner du med bussen som går nu kvart över om du skyndar dig, blir det bra?"

"Jadå mamma, det blir bra", svarade Jessica och försvann in i sitt sovrum igen.

Medan Jessica packade gick Gabriella snabbt in på toa. Hon undvek att se sig i spegeln och tvättade snabbt av händerna och ansiktet. Det skulle finnas tid för kritisk självreflektion senare. När hon skulle torka sig på handduken höll hon på att riva ned en halvfull flaska desinfektionsmedel som stod på handfatet.

När hon kom ut hade Jessica redan klätt sig och stod i hallen med sin väska. De kramades igen och Gabriella viskade i Jessicas öra:

"Jag älskar dig, gumman. Jag älskar dig så väldigt mycket."

Jessica stelnade till igen och svarade kort, men ovanligt känslosamt:

"Jag älskar dig också mamma."

Sedan backade hon undan och försvann ut genom ytterdörren.

Gabriella gick in i köket där Henrik höll på att koka kaffe.

"Gör du en kopp åt mig också är du snäll", sa Gabriella och sjönk ner vid köksbordet. Genom fönstret såg hon Jessica försvinna bort över gården.

"Såklart", svarade Henrik dämpat och ställde fram två muggar.

"Jag vill ha socker i", sa Gabriella. "Två bitar."

"Hm, du brukar aldrig ta socker."

"Idag behöver jag det."

"Vill du berätta vad som har hänt?"

"Får jag samla mig lite först."

"Samla dig så mycket du behöver."

"Tack, min vän."

"Du ser bedrövlig ut förresten."

"Tack för den också. Jag känner mig lite sliten, men annars mår jag faktiskt bra. Jag känner mig hundra kilo lättare nu."

"Får jag gissa?"

"Ja."

"Du har träffat Erik va?"

"Hur vet du det?"

"Jag känner dig. Jag ser det på dig."

"Jaha. Dig går det inte hålla nåt hemligt för. Nästan i alla fall."

"Jag vet allt. Precis allt."

"Vet du? Vet du verkligen allt?"

"Mer än du tror."

"Vet du vad som hände? Mellan mig och Erik?"

"Ja, det gör jag."

"Men varför har du aldrig sagt något då?"

"Vad skulle jag säga?"

"Jag vet inte. Berättat att du visste, så jag slapp bära det själv. Så jag hade fått någon att prata med om det. Så hade det inte byggts upp det här ohyggliga trycket i mitt inre. Så hade jag sluppit gå sönder."

"Jag trodde att du ville behålla det för dig själv. Att du inte ville dra upp det igen."

"Men jag ville tala om det, fast jag kunde inte."

"Jag hade inte förstått det."

"Då visste du inte allt om mig ändå."

"Bara nästan."

"Det är ju typiskt dig."

"Vad då?"

"Att sitta där och veta nästan allt."

"Förlåt då."

"Äsch. Jag tycker det är bra att du vet saker. Jag ska berätta resten också. Du är den jag litar mest på av alla i hela världen. Om jag inte kan berätta allt för dig, ja, då vet jag inte, då skulle jag vara fruktansvärt ensam."

"Berätta allt du vill. Jag är din vän oavsett hur hemskt det är."

"Så bra. Du är min bästa vän. Du är som min bror. Du ska få veta allt, fast jag skäms."

"Du behöver inte skämmas inför mig."

"Jo, jag har gjort så dumma saker. Jag förstår inte varför, det bara blev så."

"Men gjort är gjort, det är ingen mening att gräma sig över. Det är förstås lätt att säga. Men det är bara att ta ett steg i taget. Och även om det ser illa ut nu så kommer det bli bättre. Det syns redan på dig att det är bättre."

"Ja, värre kan det inte bli."

"Det är bara att fokusera på framtiden. Det kommer bli bra."

"Det måste bli bra, jag måste hjälpa Jessica."

När Jessicas namn nämndes satt Henrik tyst en stund innan han svarade.

"Ja, hon behöver prata med dig. Ni måste prata med varann."

"Jag vet. Jag har inte klarat det bara. Har mått så dåligt."

"Hon mår inte heller riktigt bra. Hon..."

"Hoppas hon inte har det lika illa som jag haft det. Jag var nära att skjuta mig igår natt."

Henrik ryckte till och tittade på henne. Plötsligt mållös.

"Du skulle bara våga lämna mig", sa han till slut och försökte undvika att visa sin oro.

"Det är ingen fara, det har gått över nu. Jag lämnar aldrig dig. Eller Jessica eller Karl. Eller henne härinne", tillade hon och strök med handen över magen. "Jag ska vara hos er så länge jag kan. Vi ska bli en familj igen. En riktig familj. Det kommer att bli bra nu. Jag känner det på mig."

Henrik svarade inte, så Gabriella fortsatte.

"Det kommer att bli bra, bara jag äntligen får berätta om detta, innan det fullständigt förtär mig inifrån. Tystnaden, lögnen, alltihop växte och fick eget liv, som en svart skepnad inom mig.

Jessica måste få veta vem hennes far är. Hon måste få

veta vad som egentligen hände honom. Karl måste få veta vad jag gjort. Vad jag gjorde mot Erik. Och min mamma måste få veta, hon som hatar Erik så djupt, när det är mig hon borde hata. Jag hatar mig själv. Jag förstörde både Eriks och mitt liv.

Det hade varit bättre om jag hade låtit honom hänga kvar när det hade gått så långt. Det hade varit bättre om jag hade låtit honom dö. Det låter hemskt, men jag borde ha dödat honom. Det hade varit lättare att sona. Jag hade hellre suttit i fängelse för dråp.

Då hade jag sluppit alla lögnerna. Jag hade aldrig steriliserat mig av rädsla, jag hade aldrig träffat Karl, jag hade aldrig skapat henne som växer i mig nu. Jag ville väl inte ha det så här, jag ville ju ha det där andra livet, det som jag hade sönder.

Men nu är jag här. Jag lever ett annat liv. Nu får jag acceptera det. Acceptera och gå vidare. Jag gått i mörkret så länge att jag lärt känna det. Jag har lärt mig att hantera det. Jag har lärt mig att hitta ut. Det kommer bli bra. Det är jag säker på. Jag kommer kunna leva på riktigt igen."

Henrik satt bekymrad och sökte efter ord medan Gabriella såg utmattad men ändå lättad ut.

Hon hade gjort en svår resa och på något sätt lyckats omvärdera sig själv och sitt liv. Hitta nytt fotfäste och en ny riktning.

Trots allt som hänt skulle hon kunna gå vidare.

Hon skulle kunna lämna svärtan bakom sig.

Nu var den mörka tiden äntligen över.

Framtiden skulle bli ljus och klar.

Nu skulle hon kunna bli lycklig igen.

Hon såg på Henrik med förhoppning i blicken. Då märkte hon att någonting var fel. Henrik satt sluten och stum. Hans ansikte var blankt. Hon kunde inte läsa honom längre, något var inte som det brukade. Han funderade på något. Han hade något viktigt att säga.

"Vad är det", frågade hon plötsligt oroligt. "Vad är det som har hänt?"

Han drog efter andan och sa med blicken riktad mot sina nervöst hoptrasslade fingrar:

"Det är Jessica. Medan du var borta har hon..."

Gabriella satt spänd och väntade på en fortsättning. Det var tydligen något svårt han skulle berätta.

Då hörde hon plötsligt ett svagt ljud bakom sig.

Hon vände sig om och såg en otydlig skugga i det dunkla hallmörkret.

Det stod någon där och betraktade dem i tystnad.

Någon som förde med sig en svag stank av mögel.

Han kommer ur mörkret för att hämta dig.